I0664334

MULHERES

Sandoval Assef

MULHERES

1ª Edição
POD

KBR
Petrópolis
2016

Edição de texto **Noga Sklar**
Editoração **KBR**
Capa **ADC (authordesign.co) sobre "The Ionian Dance", óleo
sobre tela de Sir Edward John Poynter, 1895.**

Copyright © 2015 *Sandoval Assef*
Todos os direitos reservados ao autor.

ISBN **978-85-8180-444-6**

KBR Editora Digital Ltda.
www.kbrdigital.com.br
www.facebook.com/kbrdigital
atendimento@kbrdigital.com.br
55|21|3942.4440

FIC027020 - Ficção Contemporânea

Sandoval Assef é advogado e escritor. Nascido em Patos de Minas, vive atualmente em Belo Horizonte. Na literatura pratica gêneros diversos, da poesia à prosa erótica, sendo sua obra marcada pela ousadia e controvérsia. Pela KBR, publicou *Contraponto, Diacho de Vida* e *Um homem estranho*.

Email do autor: sandoval_assef@yahoo.co.uk

Para Rosiane Assef, com amor, pela compreensão inesgotável dos momentos de labor literário.

À editora Noga Sklar, o reconhecimento do autor
pelo amor à perfeição da revisão literária. Obrigado.

Sumário

1.

Jotaó, apelido dado por Nina, sua prima em segundo grau, tornara-se seu nome próprio. Mal se recordava do nome com que fora batizado, Joaquim. Que abominava, com a mesma intensidade que lhe desagradava o Quinzinho com que sua mãe o mimava na infância. Felizmente, o Quinzinho tivera vida curta.

Nina era sua melhor amiga, e o aliviava do permanente tesão da adolescência. Viera morar na casa deles há um ano, e ele nunca questionara o parentesco. Jotaó voltava do colégio à noite, esperava a casa silenciar e ia ao quarto dela. Nina ficava com a luz acesa, agarrada a um romance, que a transportava a um mundo de amor e charme. Sonhara pequeno até então, mas os romances a transportavam aos lugares sofisticados, como Roma, Paris e Amsterdã. Ela e o namorado frequentavam festas da realeza, onde degustavam vinhos raros e apreciavam lagostas. De entrada, comiam caviar, que ela imaginava ter o sabor de iguaria dos deuses. Não conhecia aviões de carreira, apenas o jato executivo do amado. Era uma princesa desgarrada da casa real, destinada a conquistar o mundo com suas ideias liberais. Na visão da austera família, uma libertina. Nina divagava. Quando ouvia Jotaó se aproximar, apagava a luz. Esperava-o desnuda debaixo do cobertor, fizesse frio ou calor.

Jotaó se iniciara com ela. Na propriedade rural dos pais, Nina aprendera a plantar mandioca, milho e feijão. Plantavam feijão rente às covas do milho, quando o milharal começava a amarelar e os grãos inchavam as espigas. Mandioca se plantava em qualquer terreno, tubérculo rústico que não exigia cuidados. Colhiam o milho e o feijão e deixavam as ramas e talos fermentarem para adubar a terra. Era o rodízio para o novo plantio.

Nina nunca tivera namorados. Deitara-se com um empregado da fazenda, uma espécie de capataz, homem casado, rude e cheio de tesão, que a deixava dolorida. Quando a mulher dele descobriu, se afastaram. Nina deitou-se com o ajudante de motorista da cooperativa, um jovem retraído e inexperiente, que não a satisfazia, tinha um gozo frouxo, insuficiente para seu desejo. Pedia-lhe que a penetrasse com força.

Foi essa parca experiência que transmitira ao jovem primo:

— Depressa, depressa, com mais força.

Jotaó acelerava e gozava logo. Nina, não. Ele era carinhoso, mas Nina queria mais. Durante o dia, fingiam ser bons amigos. Nina se aplicava aos estudos para não voltar para o roçado do pai, Antônio Genaro. Alquebrado pela idade e pelo trabalho árduo, já desacorçoara de quase tudo; a propriedade ficara por conta dos filhos, irmãos de Nina. A mãe, Zulmira, envelhecera precocemente. A pele crestada se impregnara da fuligem do fogão de lenha.

Nina não visitava os pais, mas eles vieram vê-la. Chegaram carregados: milho verde, rapadura e farinha de mandioca. Hospedaram-se em uma pensão, próxima à rodoviária. A visita durou pouco. Saíram antes do jantar, não deram despesa para a prima que acolhera a filha. Zulmira chorou, agradeceu à dona da casa pelo cuidado com a filha. Deixaram as economias para pagar as despesas de Nina.

— Sei que é pouco — explicou Antônio Genaro — mas é o que temos no momento.

Quando vendessem a safra de feijão das águas enviariam o que fosse possível para Nina comprar livros e roupas, prometeu o pai, de quem herdara a semelhança no nome. Antonina. Quando a apelidaram de Tonha, ou filha de Antônio Genaro, Nina chorou. Entendia o sofrimento do primo com o próprio nome, Joaquim era um nome feio. Adotou Nina, mais simples, que não lembrava a roça onde nascera. Nina beijou a mãe e abraçou o pai. As notícias dos irmãos eram poucas e ruins. Ficou triste. Seguiriam o mesmo destino da gente de lá. Comeriam o que colhessem, se casariam com moças da vizinhança, construiriam pequenas casas nos arredores e criariam filhos, com as barrigas intumescidas de vermes. Não almejariam muito.

A vida na fazenda, pobre de sonhos e sem nenhum futuro, não a atraía. Ela seria uma mulher importante, rica e respeitada. Tarefa difícil. Aproveitava a vida como podia. O sexo era uma obsessão. Procurava o gozo, mas ainda não se entregara a outro homem na cidade, por receio de ficar falada. Ranço? Conformava-se. Seu romance com o primo esfriava. Comparava-o ao capataz. O primo era jovem, bem-disposto, mas não lhe dava prazer. Será que o capataz a marcara para sempre? Não havia afeto na relação, mas ela avaliava e continuava com o primo. Jotaó a surpreendera:

— Não quero envolvimento.

Era o sexo pelo sexo. Selaram o entendimento, e os encontros continuaram. Quando Jotaó apareceu com um preservativo, Nina o aquietou: tomava pílula regularmente. Jotaó se tranquilizou, mas deixou de procurá-la com regularidade. Nina não se importou. Estava interessada em novas experiências. Uma colega se insinuara, mas não a encorajara, fingira indiferença. Testava o interesse. Yasmin se aproximou mais. Nina permitiu. Convidou-a para irem ao cinema. Nina avisou que sairia no fim de semana. O primo não deu importância. Nina não era mais novidade, estava interessado nas colegas de escola, jovens como ele. Gostava do descompromisso. Completaria 17 anos e tinha outros horizontes, que não incluíam a prima, já beirando os 23.

Nina superara as dificuldades do primeiro grau, herança do ensino da escolinha rural, onde estudara com pouco empenho. O importante na roça era o manejo da terra e o cuidado das criações, mas Nina queria mais. Quando conseguiu terminar o segundo grau foi trabalhar em vendas de cosméticos, de porta em porta, para ganhar dinheiro. Sobrava tempo para um cursinho. Foi lá que conheceu Ramiro, filho de um pequeno comerciante, que trabalhava durante o dia para estudar à noite.

Os percalços comuns os aproximaram. Regulavam a mesma idade e queriam ser médicos. O curso era dispendioso e os dois sabiam disso, mas insistiam. Quando conquistassem a vaga dariam um jeito. Apenas Nina foi aprovada. Escreveu aos pais, pediu ajuda à prima, mesmo sabendo ser impossível contar com ela. Havia o filho que sustentava com a pensão do marido, morto num acidente de trabalho. A prima foi solidária, Nina poderia continuar morando em sua casa. Teria comida, roupa lavada, essas coisas de todo dia. Os pais de Nina continuariam pagando o que pudessem, o resto seria com ela. Nina agradeceu e foi consolar o namorado. Ramiro estava triste, mas não perdera as esperanças. Teria sucesso no próximo vestibular. Talvez mudasse de curso, Engenharia seria mais fácil. Poderia trabalhar na área como encarregado de obra ou no escritório da construtora.

Yasmin comemorou a vitória de Nina e ofereceu apoio. Poderiam dividir o apartamento em que morava. Os pais dela mantinham tudo. Yasmin era quatro anos mais nova e nunca tentara o vestibular. Não conseguia se decidir se queria medicina ou odontologia, mas podia ser jornalismo. Nina questionou:

— São áreas diferentes. Você precisa escolher, senão vai perder um tempo enorme.

Yasmin deu de ombros:

— Tempo? Eu vivo o agora, Nina. Não gosto de coisas definidas, não faço planos nem antecipo o amanhã. Sou um poço de dúvidas. Você nunca percebeu? Gosto de tudo, mas não sei do que gosto mais. Sucesso profissional vai ter que ser um acidente em minha vida, e como ela é cheia de surpresas, isso me basta. Adoro incertezas, me excita o inesperado, por isso gosto de experimentar o que não conheço.

Os pais dela não cobravam resultados. Moravam numa cidade pequena, distante da capital, eram funcionários públicos qualificados. Yasmin era um estorvo na vida do casal na cidade conservadora, onde todo mundo se conhecia e a vida de cada um não comportava segredos. Ninguém aceitava as loucuras de Yasmin. Diante do repúdio das colegas a seus assédios no vestiário, ela foi convidada a deixar a escola. Os pais a mandaram para a capital para estudar e buscar um curso superior. Era este o plano. Yasmin estudava quando queria e não se desculpava pelos insucessos. Os pais, receosos de sua presença perturbadora, toleravam. Era melhor mantê-la longe.

Dinheiro? Ganhavam o suficiente. Sabiam que todo fim de mês teriam seus vencimentos no holerite, o serviço público tinha suas benesses. Saudades? Amenizavam nas férias. Não esperavam que Yasmin viesse vê-los. Contemporizavam, iam visitá-la nos feriados prolongados. Numa dessas visitas conheceram Nina, a amiga mais recente de sua filha. Não comentaram, guardaram para si suas impressões. Devia ser igual à filha, desmiolada. Decerto tampouco se definira na vida, era outra Yasmin.

Voltaram para casa mais tristes, não compartilharam sua preocupação com ninguém. Tinham evitado ter outro filho, por receio de que fosse como Yasmin, um bebê agitado, chorão e birrento. Deram uma pausa. Quando ela já frequentava o jardim de infância, sonharam ter um menino.

O comportamento de Yasmin era assustador. Agredia as coleguinhas, arranhava seus rostos, empurrava-as na piscina. Felizmente, nada de mais grave aconteceu. *No ensino fundamental seria diferente*, pensaram. Não foi. No segundo ano do primeiro grau, desistiram. Yasmin foi cursar o terceiro ano longe de casa. Os dois choraram ao ver a filha, ainda uma menina, sair de casa para viver sob os cuidados de uma empregada de confiança. A empregada durou pouco. Dali a três meses retornou e não deu explicações, não disse por que abandonara Yasmin. Saíram apressados para vê-la. A filha estava bem, a faxineira do prédio estava limpando a casa e fazendo sua comida, lavava e passava a roupa nos fins de semana. Os dois se acomodaram. Fazer o quê?

Diante do convite de Yasmin, Nina ficou em dúvida: deveria ficar na casa que a acolhera ou se aventurar, ir morar com

Yasmin, jovem como ela, com os mesmos sonhos? Viveria em um meio mais seu, no ambiente universitário. Teria liberdade de fazer de seu tempo o que quisesse, namorar o Ramiro, aceitar sua ajuda até se formar. Depois iria ajudá-lo.

Havia um pacto entre os dois: Nina se formaria em medicina e depois o ajudaria, um compromisso que duraria seis anos, até oito, dependendo da especialização. Isso envolveria dinheiro, paciência e mútua compreensão. Era isso o que queria para sua vida? Conversou com Ramiro. Ele lhe propôs casamento, ela ficou assustada. Não esperava, o preço era muito alto. Será que Ramiro pensava em se casar para ficar mais seguro de que ela cumpriria o trato? Não acreditava que ele fosse tão ingênuo. Namoro se desfaz por qualquer rusga, noivado se rompe e casamento fracassa na porta da igreja. Tudo é sonho, nada é permanente. O mundo se modernizara, os pares se formavam e se desfaziam com facilidade, sem cerimônia. Nina pediu tempo a Ramiro para pensar. Era uma decisão importante. Ramiro não pensava assim. Não terminou o namoro, mas se afastou.

Não dormiu à noite. Queria conversar com a prima, mas ela parecia estar perdida em sua viuvez. Desde que o marido falecera, se descuidara, vivia para o filho e para a cozinha, fazia doces e salgados e atendia às encomendas de uma empresa de eventos. Assim se equilibrava. Os apertos financeiros eram comuns. Jotaó era sua única esperança para um futuro melhor, mas ainda estava perdido nas indecisões da juventude. Continuava estudando, mas não era brilhante. Fora reprovado duas vezes. Estava refazendo o último ano, mas completamente desinteressado. Mudava de série aos trancos e se transferia de turno por birra com os professores. Suas notas raspavam os limites mínimos para aprovação. Não decidira o que queria para o futuro.

A mãe mourejava sem questionar. Tinha medo de desagradá-lo. Nunca pensara em refazer a vida pessoal, pesava-lhe a reação de Jotaó. Será que ele aceitaria um novo homem na vida dela? Carregava essa dúvida, sem coragem de mudar. Não se permitia ter um amante para amenizar a solidão, mesmo sabendo que as oportunidades de uma mulher diminuem com a idade. Uma mulher culta e cuidada pode não envelhecer, nem perder a capacidade de conquistar um homem, embora as chances de escolha fiquem menores; mas uma dona de casa prendada seria apenas mais uma dona de casa prendada. Quanto mais o tempo passasse, mais difícil ficaria. O mundo se estreitava para quem não se preparava. Enxergar mais longe, a marca dos vencedores, não era uma das virtudes da mãe de Jotaó.

Nina passou o fim de semana com Yasmin. Conversaram muito, fizeram planos, mas Nina não se convenceu. Estava insegura com a amiga, que não disfarçava seu interesse. Não apenas insinuava, já lhe dava bicotas nos lábios e ria diante do espanto de Nina. Yasmin amenizava:

— Brincadeirinha, brincadeirinha, carinho de amiga, só isso, sua boba!

Nina respondia, malcriada:

— Não gosto dessas intimidades.

Yasmin não se continha:

— Você precisa se modernizar. Uma futura médica tem que ver o mundo sem as lentes do preconceito burro — e ria mais, pegava Nina pela cintura e rodopiavam pela sala do apartamento.

A espontaneidade de Yasmin deixava Nina desconcertada. Acabava aderindo à brincadeira. Num domingo à noite, Yasmin insistiu para Nina dormir com ela. O sofá da sala era desconfortável, argumentou. Nina cedeu. Dormiu tranquilamente. Quando acordou, Yasmin estava abraçada a ela. Não se importou. Precisava pensar como a amiga. Abraço era um gesto natural de quem é carinhosa.

Tomaram um café da manhã diferente. Yasmin gostava de refrigerante:

— Café é coisa de gente velha — sentenciou.

Mas Nina gostava, e fez-lhe companhia de má vontade.

Após o café da manhã, Nina foi para a casa da prima. Viu Jotaó de cara triste e foi conversar com ele, que havia se desentendido com a mãe. Fora dispensado do serviço militar por excesso de contingente, e ela queria que ele trabalhasse durante o dia e continuasse estudando à noite. Estava sem rumo, porque fizera planos de seguir carreira. Nina o consolou:

— Jotaó, isso é bobagem. Você é inteligente, sabe que seguir carreira, começando como soldado raso, não vai levá-lo a lugar nenhum. Escolha uma carreira que lhe agrade. A carreira militar é bonita, mas você já se perguntou se quer prestar continência o resto da vida? Você vai ficar lindo de uniforme, mas militar não emite opinião, só obedece.

Nina deu-lhe um beijo carinhoso e disse que estava pensando em se mudar. Jotaó ficou curioso:

— Vai morar com alguém?

Ela sorriu, misteriosa:

— Vou, mas não com quem você está pensando.

Ele retrucou:

— Não estou pensando em ninguém.

Nina não prolongou a conversa:

— Acho que vou morar com uma colega de curso. Se der tudo certo, vou levar você para conhecê-la. Ela é linda.

Jotaó ficou interessado:

— Quando vai ser?

Nina disfarçou:

— Calma, vou resolver minha vida primeiro — deixou Jotaó e foi falar com a prima. Queria ouvir a opinião dela antes de se decidir.

Disse que estava com vontade de mudar de ambiente. Não tocou no nome de Jotaó. Ele dera uma trégua, mas era homem e a qualquer momento podia mudar de ideia. Ela não ia recusar, mas já havia encerrado esse capítulo de sua vida. Ansiava por novidade, mesmo que não se atrevesse a admitir. Mas não cedera para Ramiro. Ele era um homem que se apaixonava depressa, e homens assim são perigosos, se afeiçoam e não usam a razão quando é preciso. São movidos por emoções.

Tivera uma amostra de quem era Ramiro quando ele lhe propusera casamento. Felizmente acontecera antes de qualquer envolvimento. Se já tivesse ido para a cama com ele, ia ser mais difícil. Diria que estava apaixonado, que não poderia viver sem ela, essas coisas patéticas que homens fracos usam para convencer as mulheres. Elas se apiedam, e nada mais danoso em um relacionamento do que o sentimento de dó, tão danoso que mata o amor. Mulheres fortes não gostam de homens fracos, embora possam amá-los intensamente. O sentimento de proteção se sobrepõe à razão. Elas preferem homens fortes, embora não confundam força com grosseria. Ramiro era atencioso, media palavras para não ofender, enfim, um cavalheiro, mas carregava uma fraqueza de atitudes fácil de identificar. Quando lhe propôs casamento, deixou evidente que o pacto entre eles o deixara inseguro. Não acreditou que ela pudesse cumprir. Ele cumpriria. Nina não duvidou, mas não o amava o suficiente para fazer o que considerava um sacrifício. Felizmente, ela fora aprovada e ele sucumbira. Se fosse o contrário, seria muito difícil explicar a ele que não ia mais topar o que tinham planejado. Não queria vê-lo fracassar, torcia para que obtivesse sucesso e se repreendia por ter ficado aliviada com sua derrota, mas a verdade é que se livrara de um pesadelo. Romperia o namoro de forma a não magoá-lo mais do que o inevitável.

Ao contrário do que Nina esperava, Ramiro não questionou o rompimento. Não perguntou o que acontecera nem fez drama. Nina teve a impressão de que ele ia chorar. Para consolá--lo, foi sutil:

— Não estou trocando você por outro. Sou eu mesma que não me encontrei. Podemos continuar amigos?

Ramiro não respondeu. Nina teve certeza de que jamais seriam amigos, mas deu de ombros. Se não resolvia a contento o que a incomodava, fazer o quê? Estava aprendendo depressa como se desapegar de sentimentos. Era observadora. Já percebera que as pessoas se tornam presas de situações vexatórias quando não separam razão e emoção. O exemplo de sua prima calara fundo. Ela não se refizera da morte do marido, vivia de lembranças, apegara-se ao filho como única razão para continuar:

— Ele é um pedaço de meu marido — desabafara, quando a aconselhara a conhecer outras pessoas, casar ou namorar para encantar a vida.

Jotaó preenchera o vazio deixado pelo marido. Mas ele fugia da mãe quando ela começava a choramingar e a compará--lo ao pai, de quem guardara uma imagem desfocada. Era muito menino quando a viu aos prantos ao abraça-lo, como se ele estivesse em perigo. Ela gritava:

— Agora só tenho você, Joaquim. Me tiraram seu pai, o homem da minha vida.

Quando conseguiu entender a razão do desespero, Jotaó chorou, fez coro ao que antes não sabia direito o que era. Os desentendimentos com a mãe nunca descambavam, ela emudecia quando Jotaó levantava a voz.

— Seu pai nunca gritou comigo — dizia, e chorava.

Jotaó não conseguia consolá-la e fugia dos destemperos. Passavam dias sem tocar no assunto. A presença de Nina conseguira amenizar o ambiente. Quando havia um desentendimento ela conversava com Jotaó, ponderava que sua mãe só pensava nele, este o motivo dos cuidados exagerados. Jotaó desabafava:

— Não sou mais criança para ser paparicado como um bebê. Não consigo me controlar quando ouço as bobagens que mamãe fala.

Pois eles não teriam mais a presença apaziguadora de Nina. Depois de cuidadosa conversa com a prima, Nina contou que deixaria sua casa, onde fora muito feliz. Seria eternamente grata pela ajuda que recebera. Viria vê-la sempre que possível, pois seu tempo seria dedicado aos estudos. O objetivo era a medicina. Economizaria na condução, pois a amiga morava perto da faculdade. Nos fins de semana, continuaria vendendo os cosméticos para ajudar nas despesas. Já avisara aos pais.

A prima chorou. Nina quis abraçá-la, mas faltou-lhe disposição para compartilhar o choro. Embalou roupas e acessórios e saiu sem dizer adeus. Não queria participar do melodrama de despedida.

— Xô, tristeza — desabafou, antes de puxar a porta.

A casa voltou à madorra. A alegria de Nina iluminava o

ambiente, tornava a vida mais leve. Jotaó foi quem mais sentiu. A conversa com Nina o despertara para uma carreira militar.

Fez as contas. Ainda dava tempo, se conseguisse ser aprovado na escola militar antes de completar dezoito anos. Não se convenceu a fazer o esforço, embora fosse uma forma de se desapegar da mãe, o começo de sua liberdade. A mãe, atarefada com as encomendas, não tinha muito tempo para conversar com ele. Sem a ajuda financeira dos pais de Nina, a sobrevivência dependia de seu trabalho. A pensão que recebia minguava a cada revisão do salário mínimo. O reajuste era defasado para quem se aposentara com mais de um salário. Era a miséria anunciada. Chegaria o dia em que receberia apenas um salário mínimo.

Jotaó desconhecia os apertos da mãe, pois ela negava que existissem. Quando o filho queria dinheiro, ela se apertava mais. Supria os desejos de Jotaó com sacrifícios pessoais, desde o básico até a roupa íntima. Nina desconfiou dessa economia no dia que flagrou a prima remendando uma calcinha de algodão. Não aguentou:

— Acho que você pode comprar uma roupa íntima decente. Vi o sutiã que você usa, dá dó.

A prima proibiu Nina de comentar o assunto com Jotaó. Nina deu de ombros. A prima tinha razão, Nina não tinha nada a ver com a vida dela. Cuidasse da sua, que não era nenhum exemplo de fartura. Quando começou a vender cosméticos, comprou dois conjuntos de lingerie e deu de presente para a prima. Não a viu chorar, mas percebeu que seus olhos ficaram marejados. Arrependeu-se do gesto, que fizera com a melhor das intenções: acordá-la para a realidade.

Quando Nina soube que ela cobrara do filho para arranjar um emprego, ficou aliviada. Conseguira despertar sua vaidade. Quando se mudasse ela conversaria com Jotaó sobre a situação financeira da mãe. Já passara da hora de ele se ajeitar sozinho e ajudar. Não era mais um menino.

Enquanto morava na casa deles, achou que devia manter silêncio. Não morava de graça, mas não deixava de ser um favor. A prima poderia ter alugado a vaga para um desconhecido, por um preço maior. Mas como pedir mais dinheiro aos pais? Morando com uma amiga, seria diferente. Os pais entenderiam que ela tinha de participar das despesas. Continuaria vendendo cosméticos, faria refeições na faculdade, mas teria de comprar livros. O esforço que fizera para entrar numa faculdade pública tinha ajudado. O preço do cursinho equivalia ao de uma faculdade particular, que ela nunca poderia pagar.

Antes de aceitar o convite de Yasmin, as duas conversaram longamente. Nina não escondeu sua situação. Yasmin ficou calada. Por ela, estava tudo bem. Se quisesse e pudesse poderia colaborar comprando o que quisesse comer, pois aluguel, luz, condomínio, tudo era bancado pelos pais. Não lhes faltaria nada, ela garantiu. Para Nina foi um alívio, mas também uma fonte de desconforto. Ficaria devendo favores a Yasmin. Por outro lado, era cômodo aceitar. Não ter que se preocupar com despesas fixas era um achado, mas qual seria o preço?

Sua primeira noite no apartamento foi insone. Levantou no dia seguinte disposta a conversar novamente com Yasmin. Ainda dava tempo de voltar atrás, não trouxera tudo da casa da prima, inventaria uma desculpa. Diria que seus pais tinham desaprovado a ideia, que a prima armara um escarcéu.

Nada do que Nina planejou deu certo. Yasmin a desarmou antes que começasse:

— Nina, escute bem. Quando a convidei para morar aqui não foi com nenhuma intenção oculta. Vou ser direta. Gosto de você, mas já vi que não rezamos pela mesma cartilha. Sou liberal em tudo, mas isso não inclui fazê-la participar de minhas loucuras nem de minha vida. Você é bem-vinda nas condições que já conhece. Para não ficar nenhuma dúvida do que estou dizendo, vou lhe apresentar uma outra amiga, Tereza, que é igual a mim, respeita quem tem orientação sexual diferente. Será que estamos entendidas?

Nina ficou embasbacada com a hostilidade de Yasmin. Começou a chorar, e foi o bastante para desmontar a amiga, que abraçou Nina com carinho e enxugou suas lágrimas:

— Desculpe, Nina. Falo desse jeito quando fico irritada, mas, por favor, quero sinceramente que more aqui pelo tempo que quiser. Não me entenda mal. Vou beijá-la todas as noites antes de ir dormir. Comprei um sofá-cama para que tenha conforto. Vai chegar hoje à tarde. Será só seu.

Nina ficou abraçada à amiga até se recuperar do choque. Yasmin a cobriu de carinhos e pediu-lhe desculpas repetidamente, até que Nina pediu-lhe que parasse. Yasmin insistiu:

— Você ainda não me disse se me desculpou.

Nina começou a rir. Yasmin a puxou para dançar até desanuviar o ambiente. Insistiu até Nina dizer que a desculpava e prometeu que nunca mais voltaria ao assunto.

Nina se ajeitou na nova casa. O sofá era confortável, uma parte do guarda-roupa ficou livre para suas roupas. A diarista cuidava de tudo, da limpeza e das roupas. Eva já trabalhava com Yasmim há mais de dois anos. Quando dava tempo, fazia almoço para as duas. Uma noite, Nina conheceu Tereza, a quem foi apresentada sem cerimônia:

— Já te falei da Tereza. Lembra?

Nina estendeu-lhe a mão, Tereza a puxou para um abraço:

— Já te conheço de nome. Sendo amiga de Yasmin é minha amiga.

Nina gostou dela. Não era tão jovem quanto Yasmim e ela, mas era elegante e sorridente. Exalava feminilidade. Ficou sabendo que estivera viajando, era decoradora de interiores. Nina ficou sem saber se ela era arquiteta, mas não perguntou, deixou para depois.

Tereza dormiu com Yasmin, mas não trancaram a porta. Isso aguçou a curiosidade de Nina, mas ela não ousou perguntar nada. Aprendera que, com Yasmin, seria inútil tentar entender qualquer coisa. Tereza tomou café com as duas e se despediu. Nina se deixara conquistar pela simpatia da amiga de Yasmin. Difícil distinguir qual das duas era mais sorridente e feliz.

As esquisitices de Yasmin não a incomodavam mais. Já se adaptara ao apartamento, seus temores tinham desaparecido. Yasmin se tornou sua confidente, embora se limitasse a ser boa ouvinte, pois não falava sobre sua vida. Quando se abria, era do jeito dela: com espalhafato, geralmente em tom irônico quando falava dos homens e nada lisonjeiro quando se tratava de mulheres. O apartamento se enchia com sua risada cristalina. Yasmin não se interessava pelas notícias do dia a dia, especialmente as que falavam de desastres, catástrofes, mortes e política. Vivia em um mundo de fantasia. Importava-se com seu bem-estar, cuidava do corpo e de seus prazeres.

Nina nunca presenciara nenhuma intimidade dela com Tereza, que, embora mais compenetrada, deixava escapar desprezo pelo gênero masculino. Era muito cedo para qualquer avaliação. O tempo de convívio era escasso, e nos fins de semana ela se desdobrava nas vendas de cosméticos para complementar o dinheiro que recebia dos pais. Vivia assombrada pelo receio de não poder terminar sua faculdade por falta de recursos. Seus pais estavam bem, mas não eram jovens nem se cuidavam. Ela seria uma a mais na família se não tivesse vislumbrado um futuro melhor. Não se arrependia das decisões que tomara, mas o temor de soçobrar no meio do caminho era sua companhia permanente. Era desconfortável viver assim, mas como se desvencilhar dos medos? Não via fantasmas, não inventava situações desesperadoras nem pensava em desgraças todos os dias. Era apenas o medo de fracassar. Invejava a tranquilidade de Yasmin, que vivia intensamente. Frequentava um curso de vestibular, mas não a via estudando ou lendo, nem mesmo jornal. Parecia acreditar que não havia futuro, ou acreditava que estava tão distante que não valia a pena perder tempo com o imponderável. Talvez Yasmin tivesse razão. Seria pragmática ou tinha os pés no chão, mais do que ela? Nada mudaria os acontecimentos do dia seguinte.

A faculdade era outra interrogação, após o primeiro contato. Nina havia fantasiado que participaria de cirurgias complicadas, vestida a caráter e em permanente tensão pela vida do paciente estendido sobre a mesa, dependendo de sua perícia e conhecimentos. Mas a realidade estava longe disso. As aulas eram monótonas, as brincadeiras dos veteranos a aborreciam. O sonho se esfarelava em suas mãos.

Nina queria emoções. Nos romances que lia, havia médicos charmosos que só iniciavam a cirurgia depois que ela chegava, paramentada, com o bisturi à mão. Trocavam olhares, enquanto alcançavam a cavidade torácica para uma delicada correção no músculo cardíaco. A realidade era bem outra: aulas intermináveis e cobranças dos catedráticos. Pensou em desistir. Havia outras carreiras acadêmicas que a atraíam.

Seu primeiro contato com um cadáver boiando no formol foi dramático. O desmaio foi inevitável, mais forte que sua vocação científica. Sentiu que o chão lhe fugia debaixo dos pés. Apoiou-se no colega ao lado e foi escorregando até o piso frio. Saiu carregada pelos colegas. Quando voltou a si, começou a vomitar ao se lembrar da cena.

— Definitivamente, a medicina foi uma escolha errada — admitiu para Yasmin, que gargalhou gostosamente, indiferente à vergonha da desolada Nina.

Como contar para pai e mãe? Teria ao menos que contar para a prima e Jotaó. Não se preocupava com os irmãos, pois eles não se abalariam. Por outro lado, como enfrentar o constrangimento diante de perguntas embaraçosas dos próprios colegas? Teria que ter forças para jogar tudo para o alto e seguir em frente.

Depois que se aquietou do acesso de riso, Yasmin pediu desculpas e a consolou do seu jeito:

— Olha aqui, Nina, deixa de palhaçada. Tá fazendo uma tempestade por nada. Ninguém morreu, nem vai morrer por causa disso. Você não tem que dar satisfação pra ninguém. Deixa de ser frouxa e bola pra frente.

Mas Nina continuou arrasada. O destempero da amiga não conseguira tirá-la do estado de prostração em que caíra com a destruição de seus sonhos. Estava se sentindo fracassada, não conseguia ver nenhum caminho à sua frente. Aceitou a dose generosa de uísque que Yasmin lhe ofereceu, sem gelo, bebeu de uma vez. Yasmin serviu outra dose e ela virou a bebida sem sentir o gosto. Dormiu por um dia e uma noite na cama de Yasmin. A ressaca não lhe permitia pisar o chão, cada passo que dava correspondia a uma pancada na cabeça. Odiou o remédio que a amiga lhe dera, mas a tensão do fracasso fora superada. Não contou nada para ninguém.

Descansou toda a semana. Os dias de descanso a fizeram repensar o futuro. Não podia desistir do curso, era sua conquista mais importante até agora. Voltou à faculdade e enfrentou todos os infortúnios e provocações. Seria forte o suficiente para seguir em frente. Devia isso a si mesma. Quando o fim do ano se aproximou, Nina ficou eufórica, fez os exames com determinação.

Matriculou-se no segundo ano. Não se deixaria vencer por banalidades. Mas no fim do primeiro semestre foi vítima de outra brincadeira de mau gosto. Quando chegou em casa, depois de uma exaustiva aula de anatomia com manipulação de cadáveres, ao remexer na bolsa encontrou um pênis enorme junto ao batom e ao perfume. A repulsa ao segurá-lo a levou ao desespero. Já não se considerava uma caloura de primeiro ano. Fora desrespeitada.

Yasmin, enojada com o "achado asqueroso", pressionou--a para que deixasse a faculdade. Apelou para sua ascendência sobre Nina:

— O que fizeram com você foi um acinte indesculpável! — vociferou, aos brados.

Nina, que já ficara constrangida com o desmaio no primeiro ano, estava susceptível ao mais sutil gesto de apoio, e o de Yasmin foi a gota d'água. Na manhã seguinte, voltou à faculdade. Não contou a ninguém o que acontecera. Dormira mal, não suportaria nenhuma piadinha. Foi ao anfiteatro e discretamente devolveu o pênis ao tanque de formol. Escondeu a toalha com que o envolvera na bolsa e a jogou na primeira lixeira que encontrou. Em seguida, foi à secretaria e pediu o trancamento da matrícula. Foi avisada de que o trancamento seria por dois anos. Se quisesse retornar à faculdade após esse prazo, teria que se submeter a um novo vestibular. Felizmente, não questionaram seus motivos.

Não se despediu dos colegas nem dos professores. Queria passar uma borracha em tudo o que acontecera naquele ano e meio de preocupações, sonhos, sustos e decepções. Sentia-se humilhada. Voltou para casa disposta a procurar um emprego para sobreviver, mas sem atinar o que gostaria de fazer, o que tornava mais difícil a procura.

Viajou por dois dias com Tereza. Foram a Maceió para ela fazer um orçamento para um canavieiro milionário. O homem queria decorar sua casa e a contratara, era uma decoradora famosa. Nina foi apresentada como sua assessora. Era indispensável, pois faria o levantamento, explicara Tereza. As duas viajaram por conta do milionário, que não questionou despesas. Nina não sabia manejar uma trena, mas o arranjo feito por Tereza teve o efeito de uma terapia tranquilizadora. Ficaram hospedadas num hotel na praia de Jatiúca. À noite, conversaram sobre suas vidas, orientação sexual, sonhos. Nina ficou sabendo que Tereza era amiga de Yasmin desde que a amiga se mudara para Belo Horizonte. Conhecera os pais de Yasmin, que não tinham sido nada simpáticos com ela.

Tereza pensava e agia como Yasmin, mas ambas respeitavam quem era diferente, só teriam qualquer tipo de intimidade se houvesse aquiescência sem constrangimento. Podiam ser amigas sinceras e confiáveis. Mesmo sendo atraídas por pessoas do mesmo sexo, podiam ter amigas que preferiam os homens.

— Sabemos separar — disse, repetindo o que Nina já ouvira de Yasmin.

Na manhã seguinte, foram surpreendidas pelo canavieiro, que havia colocado à sua disposição uma lancha moderna para visitarem a lagoa do Mundaú e as praias mais famosas. Adoraram o passeio. Enviariam o orçamento e o projeto pelo correio, prometeram ao cliente antes de embarcar de volta.

Yasmin as esperava no aeroporto. Estava radiante, e falava sem parar. Planejara uma reunião no salão de festas, já reservara o espaço com o síndico. Queria apresentar Nina à "galera", como se referia ao grupo que frequentavam.

A festa que Yasmin tinha preparado para seu retorno da viagem com Tereza prometia ser animada. Nina convidou o primo, Jotaó. Queria vê-lo, tirá-lo do ambiente sombrio de sua casa. Jotaó andava arredio com a mãe, já não conversavam como antes. Nina não tinha lhe contado que abandonara o curso de medicina e estava sem fazer nada, voltara aos romances que preenchiam seu tempo. Não contara aos pais; cadê coragem? Eles não entenderiam que se tratava de um equívoco, algo que não acontecia somente com ela. Muitos estudantes deixavam o curso depois de dois ou três anos, ao descobrirem que lhes faltava vocação para a área, às vezes escolhida por influência da família, dos amigos e de namorados. Ser médica era um desafio que não sabia se queria enfrentar. Estava se sentindo no pior dos mundos. Não decidira o que fazer.

Quando Jotaó chegou, Yasmin deu-lhe um beijo no rosto e o apresentou. Tereza ficou encantada com o primo de Nina, mas Yasmin interferiu:

— Ele já é meu, tira a mão.

Jotaó não se enturmou. Alguns dos convidados eram amigos de Nina e de Tereza, mas a turma de Yasmin era maioria. Alguns rapazes não ligavam para as mulheres. Conversavam alegremente, trocavam beijinhos, elogiavam, mas os cochichos e carinhos eram entre eles. Jotaó nunca vira uma festa como aquela. Foi ficando sem espaço e se ajeitou ao lado de Nina, a conversa entre os dois se estendeu até que a festa se esvaziou.

Antes das dez e meia tudo silenciou. Yasmim ajudou a recolher alguns copos que trouxera de sua casa e deixou o resto por conta do pessoal que contratara. Foram para o apartamento. Yasmin se recolheu logo, e Tereza pediu a Jotaó que a acompanhasse até em casa. Estava de carro, mas não queria voltar sozinha. Jotaó se despediu da prima, deixou um beijo para Yasmin e entrou no carro com Tereza.

2.

Jotaó dormiu na casa de Tereza. Foi uma noite de amor como nunca havia experimentado. Quando chegaram, Tereza pediu que se sentasse e aguardasse enquanto trocava a roupa de festa. Queria conversar um pouco, pois estava sem sono:

— Se ficar tarde eu te levo em casa. O trajeto de carro é curto e não me amedronta.

Jotaó não disse nada. Não tinha nada para fazer. Tinha avisado a mãe da festa na casa da prima, não tinha hora de chegar, talvez até dormisse por lá, pois ficava longe e os ônibus escasseavam de madrugada.

Tereza voltou do quarto com uma veste longa, que ele imaginou ser um penhoar, algo que conhecia de nome e vira no cinema. Não quis beber, mas aceitou um refrigerante. Tereza questionou:

— Você não bebe álcool? Que gracinha. Eu gosto de um drinque para relaxar antes de dormir — serviu-se de uísque e deu o refrigerante a Jotaó.

Sentou-se no sofá, afastada dele. Jotaó já tinha beijado suas namoradas e visitado a zona boêmia, onde pagara por meia hora de sexo. Seus encontros com Nina eram fugazes, suficientes para descarregar o tesão. Não voltara mais à zona, com medo de doenças.

Tereza não se insinuou. Seria inútil. Tinha percebido a falta de traquejo do primo de Nina, e se encantado com sua inocência. Aproximou mais e o beijou na boca. Jotaó retribuiu timidamente. Ela abriu a veste e mostrou o corpo, os seios intumescidos e o sexo à mostra. Despiu Jotaó devagar, depois o levou ao quarto.

— No sofá, não. Na cama será melhor.

Jotaó mal se continha. Queria penetrá-la. Tereza impediu:

— Não temos pressa. A noite está começando — disse, enquanto o beijava mais.

Guiou-o para que beijasse seu ventre, pediu-lhe que usasse os lábios e a língua, pois era assim que gostava. Jotaó cedeu aos caprichos de Tereza com timidez e má vontade. Depois que ela gozou o introduziu suavemente em seu corpo morno. Jotaó gozou enquanto a penetrava. Ela o consolou:

— Não se preocupe. Foi afobação. Você pode aproveitar muito mais da próxima vez.

O tesão de Jotaó parecia não ter fim. Espojou-se no corpo de Tereza até que o corpo não respondeu mais ao esforço. Exaustos, dormiram abraçados. Jotaó adormeceu menino e acordou homem, um sentimento que nunca havia experimentado.

Nunca mais seria o mesmo. Sentia-se completo. Descobrira que o corpo de uma mulher não era apenas um espaço morno entre as pernas onde mergulhava seu pênis. Havia outros recantos, cheios de mistérios e prazeres. Quando conheceu Nina, não tinha experiência, pouco aprendera com ela, daí seu desinteresse pelo sexo singelo que a prima lhe proporcionava. Com Tereza fora diferente. Mulher experiente, levou-o a prazeres inesperados. Ele não fizera planos quando ela pediu que a acompanhasse. Era uma amiga de Nina, temerosa de dirigir sozinha tarde da noite. Seu olhar ficara reservado para Yasmin, com seu sorriso permanente e sua alegria desinteressada de tudo que a rodeava. Mas depois de recebê-lo com um beijo carinhoso, ela não lhe dera mais atenção. Tereza não lhe oferecera o rosto para beijar, nem o beijara. Disse-lhe um "oi" singelo e deu um sorriso contido.

Durante a festa, quando os ânimos se acalmaram, depois

que a galera se foi, Jotaó dançou com Tereza, que se aproximou com suavidade. Não colaram seus corpos. Queria dançar com Yasmin, mas não conseguiu. Ela não se desgarrava de uma morena de cabelos longos, e Jotaó era o único que parecia se incomodar. Tereza sussurrou-lhe:

— Acho que você deve ser mais discreto, senão quem vai acabar sendo observado será você.

Jotaó se endireitou e não olhou mais. Puxou-a mais, colando-a a seu corpo. Quando a festa terminou, Tereza o pegou pela mão, beijou Yasmin e Nina, a quem disse com um sorriso:

— Vou roubar seu primo para me acompanhar até em casa — não demonstrou nenhum interesse, exceto o de ter uma companhia masculina no trajeto.

Após o café da manhã, Tereza o lembrou de ir para casa:

— Sua mãe não vai ficar preocupada?

Jotaó saiu sem pressa. Voltar para casa de ônibus foi tedioso. A mãe confeitava um bolo e levantou os olhos, esperando que a beijasse:

— Gostou da festa?

Mas ficou nisso. Jotaó não estava com vontade de conversar, e nunca lhe fizera confidências. Depois que Nina se mudara o silêncio ganhara espaço. Se antes não havia grandes diálogos, agora havia apenas um silêncio respeitoso. Jotaó se adiantou, antes de ela perguntar:

— Procurei emprego ontem, mas não consegui nada.

Ela parou de confeitar e o surpreendeu:

— Não se preocupe. Já arranjei um emprego de copeiro para você na empresa de eventos.

Ele foi ríspido:

— E o que um copeiro faz?

Ela foi cautelosa:

— Ora, meu filho, recolhe os copos usados, lava e enxuga. Trabalhar lá vai ser bom. Assinam carteira. Depois do período de experiência, contratam. Pagam salário mínimo no princípio, mas você pode até ser garçom depois.

Jotaó ficou furioso:

— Só mesmo na sua cabeça, mãe. Você pensa como pobre, por isso vai ser pobre a vida inteira — disse, deixando a mãe em prantos.

Trancou-se no quarto e chorou. Sua vontade era esmurrar a parede para descarregar as mágoas. Cansado da noite anterior, dormiu o dia inteiro. Não atendeu às suaves batidas na porta nem aos apelos da mãe para almoçar.

Quando acordou era noite fechada. A casa estava vazia. Sua mãe saíra para entregar o bolo e os doces, todo fim de semana era a mesma labuta. As encomendas se multiplicavam desde quinta-feira, mas nunca ouvira sua mãe reclamar do excesso de encomendas. Ela parecia se realizar com o trabalho contínuo e repetitivo. Jotaó pouco sabia do aperto financeiro em que viviam, ou da urgente necessidade de que fosse trabalhar para ajudar a mãe. Sonhava alto e se alimentava desses sonhos.

Foi procurar a prima, somente ela sabia ouvi-lo. Nina ficou surpresa com a visita. Gostava de ser avisada, para isso havia o telefone. Yasmin estava trancada no quarto, e Nina o levou para conversarem na recepção do prédio. O porteiro era discreto, foi ver a rua. Nina conferiu o horário: eram nove horas. Dava tempo de irem à lanchonete da esquina.

Ficaram conversando até o porteiro entrar. Jotaó queria dormir no apartamento, mas Nina não permitiu. Ele devia voltar para casa, pedir desculpas e aceitar o emprego de copeiro, ou ajudante de limpeza, como se referira ao emprego que a mãe havia conseguido. Nina foi dura:

— Você queria um emprego de diretor da empresa? Vá estudar primeiro, brigue por um diploma, mesmo que seja de técnico em alguma coisa. Todo trabalho é digno e merece respeito. Não conte com meu apoio para essas bobagens. Pode contar comigo para tudo o mais, mas ir contra sua mãe é a única coisa que não posso fazer, nem você, aliás. Deu pra entender?

Jotaó ficou inconformado. Esperava apoio e compreensão da prima. Pensou em telefonar para Tereza, mas não sabia o número. *Dei o meu e não anotei o dela. Quanta burrice.* Voltou para casa. A mãe chegou de madrugada, ficara fazendo um "bico" na festa, ela explicou no café da manhã. Jotaó foi para o colégio desanimado. Decidiu se transferir para o turno da tarde. Estava vencido, queria espairecer.

Tivera uma noite péssima. Sonhara com o pai lhe pedindo que ajudasse a mãe. Quando voltou para o jantar estava mais calmo. Quis saber aonde deveria ir para se candidatar ao emprego. Teria que telefonar e marcar hora para ser entrevistado. A mãe lhe estendeu um cartão da empresa, deu-lhe o nome do contato, a chefe do RH. Jotaó quis saber o que significava.

— Ela é a chefe de Recursos Humanos. Trate-a com respeito, pois seu emprego depende dela e da entrevista. Ela me conhece, sabe que você é meu filho. Concordou em entrevistá-lo porque não sou empregada da empresa, apenas fornecedora. Não aceitam parentes em primeiro grau como funcionários, é a política deles.

A mãe fez outras recomendações. Jotaó ouviu tudo de cabeça baixa. Na manhã seguinte, ligou para marcar uma hora. Teria que comparecer à empresa, preencher uma ficha e ficar aguardando ser chamado. Havia um teste escrito e depois a entrevista.

No dia seguinte, enquanto almoçava com a mãe, o telefone tocou:

— É pra você. Tereza.

Jotaó ficou sem saber se ficava na sala, com a mãe ouvindo, ou atendia no quarto. A mãe interferiu:

— Quer que eu diga que você depois telefona?

Jotaó se apressou:

— Não, não faça isso. Não tenho o telefone dela. Deixe aí que vou atender — levantou-se e foi atender no quarto.

Marcaram um encontro para aquela noite, na casa dela. Jotaó voltou à mesa, mas não terminou de comer. Sua ansiedade e nervosismo eram evidentes. Saiu apressado para o colégio, enquanto a mãe retirava pratos e talheres. Tereza tinha sido direta, queria vê-lo, depois das oito. Pediu que avisasse em casa que dormiria fora. Não disse que estava com saudades, que sentira sua falta. Foi uma ordem. Não duvidou de que ele iria.

Jotaó estava alegre, mas também apreensivo. Não sabia definir o que realmente sentia. Queria revê-la, mas não tivera coragem de ir sem avisar. Teve vontade de perguntar a Nina o telefone dela, mas lhe faltara coragem. E se Tereza ficasse sabendo? Além do mais, Nina ia querer saber por que estava interessado. Faria perguntas embaraçosas. Ele teria que contar a verdade, como mentiria para Nina? Fora o homem dela quando ainda era quase menino, o que na época não importava. Conhecera seu corpo, tinham feito sexo.

Mulher não perdoa homem que sai contando o que aconteceu entre quatro paredes. Aprendera com Nina a guardar segredo. Sua relação com a prima fora longa, mas ninguém desconfiou que a amizade que os unia se transformava à noite. Continuavam amigos.

Sua mãe ficara curiosa com o telefonema, decerto faria perguntas. Preparou-se para mentir. À noite, saiu discretamente. Deixou um bilhete lacônico sobre a mesa da cozinha enquanto ela estava no chuveiro:

Estou saindo e não sei se volto para dormir. Bj.

Vestiu sua melhor camisa sobre o jeans surrado. Tinha limpado o tênis e calçara meias limpas, sem furos. Ajeitou os cabelos com cuidado. Antes de abrir a porta, conferiu o rosto no espelho da sala. Gostou do que viu. Sorriu confiante.

3.

Nina continuava indecisa sobre que rumo tomar. Já descartara a medicina, mas era uma ideia que continuava a incomodá-la. Quem a havia influenciado para fazer medicina? Já tinha se perguntado por que as pessoas davam passos errados na vida. Seria sempre por influência de alguém? Ou por vaidade? A palavra "invejosa" lhe ocorreu. Podia ser inveja. Quem não sentia inveja de alguém? Muitos negam, outros mascaram o sentimento com falsa indiferença. No fim, é tudo despeito, ou inveja, dá no mesmo. Por não terem o que o outro tem, e por aí vai. Ah! A alma humana! Gostaria de ser diferente, mais firme, ter convicção do que queria e lutar para conseguir.

Comparava-se a Yasmin. Não invejava seu estilo de vida, mas gostaria de ser mais solta. Nunca seria arrojada como ela, que não se pejava de dizer que sua vida era livre e sua orientação sexual só interessava a quem dela compartilhava. Vivia dizendo que o futuro era uma abstração idiota, pois bastava ser futuro para ser desconhecido e irremediável. Nina concordava. Pensar no futuro só servia para infernizar a vida das pessoas, ela mesma era um exemplo de quem planeja e não realiza. Sacrificara muitas noites sonhando com sua vida como médica, impusera sacrifícios inúteis aos pais, privara-os de muitas coisas. Tinha vergonha de enfrentá-los para confirmar o que já sabiam por carta, o meio covarde que usara para lhes contar. Deixara a faculdade pelas incertezas do futuro — uma explicação vaga que nada justificava, mas dizer mais o quê?

Escreveu o que lhe veio à cabeça, depois se arrependeu. Eles não responderam, não sabiam escrever direito. Mal rabiscavam a lista de compras quando iam ao armazém. Os garranchos eram incompreensíveis. Uma vez tentara decifrar uma lista dos dois e ficara envergonhada. Como dizer-lhes que não conseguira? Seria humilhá-los. Preferiu dizer que seria melhor eles fazerem as compras. Os dois entenderam, sorriram contrafeitos. Nina procurava coragem para pegar um ônibus e ir vê-los, contar-lhes de cara lavada que tinha desistido, que estava trabalhando meio horário em um laboratório como recepcionista e vendia cosméticos nas horas vagas. Contaria a verdade, o motivo de ter saído da casa da prima. Diria que o ambiente de baixo astral a deprimia. Eles entenderiam? De que adiantaria dizer que se mudara para ficar mais perto da faculdade? Não faria mais sentido. A confiança dos pais a deixava indecisa. Eram propensos a acreditar no que contasse, fosse mentira ou não, mas isto não lhes tirava a inteligência e a percepção, virtudes que os fariam desconfiar. Não podia se arriscar. Deixaria o tempo se encarregar de fazê-los esquecer o sacrifício que tinham feito para vê-la formada. Será que isso um dia aconteceria? Duvidava. Teria de estudar, receber um diploma e mostrar-lhes que o sacrifício não fora em vão.

Não percebeu que Yasmin estava no quarto desde que chegara. Somente quando a amiga assomou à porta é que se deu conta de que não estava sozinha naquela tarde quente de domingo. Yasmin vestia pouca roupa, calcinha e top sobre os seis empinados:

— Ei, tá dormindo? Ou sonhando com algum "cacho" novo?

— Quem dera fosse um homem bonito, rico e apaixonado por mim — retrucou Nina delicadamente, divertida com a falta de cerimônia da amiga.

Foi para o quarto ver as roupas que Yasmin tinha comprado, tudo caro e extravagante. Os pais dela eram generosos, e Yasmin não se vexava de gastar. Nina não se surpreendeu, pois se habituara ao exibicionismo da amiga. Gostaria de fazer o mesmo, mas não tinha dinheiro nem para pagar sua parte nas despesas gerais, luz, telefone, TV a cabo e condomínio. O valor do IPTU ela nunca soube, pois vinha embutido no aluguel. Nunca questionou nada. "No frigir dos ovos", como seu pai gostava de repetir, sobrava-lhe o suficiente para gastos pessoais.

Yasmin não parava de se exibir. Nina admirou o corpo perfeito, as pernas generosas e os seios delicados, enquanto ela experimentava as blusas. Era uma mulher bonita. Nina ficou excitada. Levantou-se e foi à cozinha beber água.

Estava encabulada. Será que Yasmin notara? Quando voltou, Yasmin estava nua, as calcinhas rendadas espalhadas sobre a cama. Teve vontade de voltar à sala e à TV, mas uma espécie de imã a reteve no quarto. Yasmin sorriu, estirou-se na cama e convidou-a para se deitar ao lado dela. Parou de resistir.

Nina nunca mais se negou aos desejos da amiga. Já não escolhia roupas para vestir. Vestia as que Yasmin lhe estendia num gesto decidido, que não comportava negativa. A nova experiência de gozo a deixara deslumbrada. Nunca pensara que poderia sentir prazer com outra mulher.

Seu romance com Yasmin parecia-lhe perfeito. As despesas pessoais tinham sumido, Yasmin bancava tudo. Não a deixava pagar a entrada de cinema, a pipoca, o chocolate. Pediu-lhe para deixar o emprego, mas Nina recusou. Yasmin ficou possessa. Não admitia que ela se ausentasse de casa seis horas por dia para ir a um "empreguinho" reles, que mal dava para comprar maquiagem. Ela não precisava mais de mendigar salário de pobre. Vestiam o mesmo tamanho, e o que era dela era de Nina.

Nina ouviu sem retrucar. A posse desmedida de Yasmin a amedrontava. Sua liberdade valia mais do que os momentos de prazer que desfrutava. A vida não era só isso. Ligou para a prima e pediu ajuda. Apanhou as poucas roupas que haviam sobrado, Yasmin doara à faxineira suas roupas usadas. Pegou a maquiagem e coisas pessoais e se mudou num momento de descuido da amante. Yasmin saíra com Tereza, que ia renovar a carteira de motorista.

Não deixou bilhete se despedindo. Queria agradecer a

acolhida, demonstrar que não havia mágoa, mas onde arranjar coragem? Não queria que fosse assim. Gostava de Yasmin, mas não sabia se era amor. Não acreditava que Yasmin tivesse qualquer sentimento senão o de posse de seu corpo. Amor era um sentimento sereno, e a satisfação da carne um corolário. O que havia entre elas era uma paixão carnal, entrega de seu corpo ao desejo de Yasmin. Nina não se deixava enganar. Sentia o mesmo, e estava machucada.

Um vazio imenso se alojara e se espalhara por seu corpo e mente. Faltava-lhe vontade de ir embora, mas era impelida fortemente a desaparecer da vida de Yasmin. Sentia perigo no ar, percebia que uma tragédia poderia se abater sobre sua vida se insistisse no relacionamento. O medo era maior do que a perda iminente.

Pediu ao taxista que dirigisse devagar. Queria pensar. O taxista, um senhor de cabelos brancos e voz pausada, desligou o rádio, perguntou se ela queria parar em um lugar sossegado para refletir.

— Não, não pare. Apenas dirija devagar. Não quero chegar depressa ao endereço que lhe dei.

Ele desacelerou e deu uma volta pela alameda sombreada que contornava o Parque Municipal. Parou mais uma vez, e perguntou se ela queria dar uma volta dentro do parque. Ele esperaria, estacionado ali perto. Nina agradeceu novamente e pediu que continuasse. O motorista a ajudou a descarregar a bagagem e disse que se precisasse podia lhe telefonar, estendeu-lhe um cartão com o telefone e a placa do carro. Trabalhava doze horas por dia, exceto aos domingos. Completou:

— Ah! Meu nome é Antônio Benjamim, está no cartão.

Nina sorriu para ele, disse que não se esqueceria, pois era o primeiro nome de seu pai.

4.

Tereza recebeu Jotaó com um abraço carinhoso, mas não o beijou. Ele esperava uma mulher ávida por sexo. Já se preparara para uma noite de prazer, e não escondeu seu desapontamento. Tereza percebeu, porque mulher cheira tesão de macho no ar e ganha tempo para maquinar desculpas, ou se tornar mais desejada. Mas não frustrou os planos de romance e sexo de Jotaó. Sabia que o havia fisgado com seus encantos e estava preparada.

Na noite em que seduzira Jotaó, estava possuída por um urgente tesão que precisava ser aplacado, não importava com quem. Pegou o primo de Nina, disponível e jovem, perfeito para uma noite alegre. Poderia ter sido Nina, mas a amizade dela com Yasmin a intimidara. Desconhecendo as intenções da amiga, não quis se arriscar.

Para animar Jotaó, Tereza jogou a isca:

— Mais tarde você vai ter o que está querendo.

Jotaó, ficou animado e atento. Ela precisava de um "escort" permanente, mas ele ficou sem entender. Tereza foi direta:

— Preciso de um acompanhante. "Escort" quer dizer um homem que acompanha uma mulher bonita para protegê-la, entretê-la. E quando ela desejar, saciá-la, sujeitar-se aos seus caprichos. Enfim, um protetor útil. Entendeu agora?

Ele entendeu a parte que o interessou, mas não o que Tereza pretendia. Saciar seus caprichos e preencher vazios seria fácil. Todo homem gosta de ter uma mulher para afagar. Ela queria mais. Ele seria sua sombra, um servidor de luxo em tempo integral, o homem que leva o cachorrinho para banho e tosa e lhe dá prazer na cama, na falta de outra companhia. Ela diria quando e como. Não haveria restrição à vida pessoal dela, mas ele lhe deveria obediência e submissão absolutas.

Jotaó quis ponderar. Ela fechou-lhe os lábios com um beijo:

— Nada de exceções. É pegar ou largar. Tantos outros homens gostariam de ocupar o lugar que estou lhe oferecendo... Ah! Você será bem remunerado. Quanto você iria ganhar na empresa de eventos?

Tereza sentiu que, mais do que feliz, Jotaó estava surpreso. Resolveu levá-lo para a cama, convidou-o para dormir com ela. Seria sua mulher quantas vezes ele quisesse. Poderia responder à sua proposta no dia seguinte. Ela não tinha pressa, mas não a deixasse esperando, sua paciência era pouca e não gostava de indecisão. Estava lhe dando a oportunidade de pensar por uma noite.

Jotaó não queria pensar. Pensar para quê? Sabia qual seria sua resposta. Saciado o tesão, antes de pegar no sono, quis saber quando começava. Tereza foi enigmática:

— Começar, você já começou, o que não quer dizer que não posso mudar de ideia a qualquer momento. Quero que isso fique bastante claro: a qualquer momento, se me contrariar rompo nosso trato.

Na manhã seguinte, no café da manhã, ele saberia quanto seria o salário e quais seriam suas obrigações.

Ele dormiu serenamente. Quando acordou, ficou olhando Tereza ao seu lado. A sorte chegara de forma inesperada, pensou, sorrindo, enquanto acariciava o seio rosado, à mostra por fora da camisola. Tereza acordou e se cobriu:

— Não gosto que faça isso enquanto durmo. Me acorde primeiro, e se eu estiver disposta você vai saber logo.

Em seguida se levantaram. À mesa ela falou, suave, mas firmemente:

— Não vamos definir nenhuma obrigação. Tudo vai depender da minha vontade.

Ele continuaria seus estudos, mas ela queria que se transferisse para o turno da manhã. Às tardes e às noites estaria livre, ao seu dispor, mesmo que fosse para ficar em casa lhe fazendo companhia. Isso também dependeria da vontade dela. Ele comunicaria à mãe que aceitara o emprego e que seu único horário livre era o período da manhã.

O mais estranho naquele emprego é que teria sexo também, mas ela não seria exclusiva dele. Tereza deixou isso evidente. O salário era tentador, maior do que receberia na empresa indicada pela mãe. Na verdade, nem havia emprego ainda, apenas uma chance de ser entrevistado, treinado e depois, talvez, efetivado. Com Tereza teria um lugar garantido e um bom salário. Ainda haveria sexo.

Depois do café, Jotaó voltou para casa. Contou à mãe que conseguira um emprego, o quanto ganharia e quem seria sua patroa, mas foi vago sobre suas funções. O salário dispensava qualquer outra explicação.

Depois que Jotaó saiu, Tereza tomou uma ducha e se preparou para uma nova fase em sua vida. Estava confiante quanto ao que pretendia. Havia fechado vários contratos de decoração e precisaria de uma companhia masculina permanente, alguém que não fizesse perguntas nem limitasse sua liberdade. Já experimentara alguns arranjos com eles e com elas, mas sempre havia envolvimento, limitação de suas vontades e caprichos, além da obrigação de dar satisfação do que fazia, mais a surrada cobrança: "Você é minha, tenho direito de saber aonde foi e o que estava fazendo". A relação com um homem era traiçoeira, pois se a satisfazia de um lado, de outro faltava muita coisa que não poderia suprir com uma companheira, homem não aceita que sua mulher tenha relacionamento com outra mulher, ficam possessos, sentem-se ultrajados. E o sexo com mulher lhe fazia falta. Somente com suas namoradas encontrava a plenitude do gozo e o amor pleno, a comunhão de seu corpo com o de outra mulher era sensual e completa. Quem conhece mais o corpo de uma mulher do que ela mesma? Por outro lado, sentia falta da pegada de um homem.

Não lhe agradava a penetração. Os homens são idiotas e mal informados, acham que penetrar com força dá prazer à mulher. Não é sempre assim. Há mulheres que gostam de violência, mas são exceções. Ter um pênis empurrado ventre adentro, sem o cuidado de excitar a parceira, resulta num ato doloroso, incômodo. Não lhe dava prazer nenhum. Achava que os homens nunca compreenderiam isso, devia fazer parte de sua natureza se mostrarem cheios de permanente tesão, como se isso os fizesse mais machos e mais desejados. Como odiara os homens que a rasgavam com brutalidade! Se gostasse de agressividade se satisfaria com um pênis artificial, sem lubrificação.

Na primeira noite dos dois tivera que acalmar Jotaó, que viera sedento, e a penetrara como se a chifrasse. Deu-lhe um basta, fez com que se submetesse. Jovem é sempre inseguro, inexperiente, fácil de domar. Tereza sabia que com homens maduros isso seria impossível, julgam-se irresistíveis, machos perfeitos, acostumados a fazer a mulher gemer de prazer. Se soubessem o quão facilmente são enganados, mudariam de comportamento, se deixariam levar, acompanhariam o ritmo da mulher. Deixariam de comandar. Seriam passivos, aproveitariam tudo aquilo que somente elas podem proporcionar, e sentiriam mais prazer, por mais tempo, dando às mulheres provas de sua superioridade enquanto machos da espécie.

Ao chegar em casa, Jotaó teve uma surpresa: Nina tinha voltado. Ele gostava da prima. Será que ela tinha brigado com Yasmin? A mãe não sabia, nem tinha perguntado. Recebera Nina com alegria. A moça prometera que a ajuda financeira que chegava dos pais iria diretamente para as despesas da casa. Ela estava trabalhando e tinha seu próprio dinheiro.

A mãe de Jotaó estava mais tranquila. O filho prometera ajudar, e decerto seria generoso, pois ganharia no novo emprego um salário melhor do que na empresa de eventos. Quando viu Nina chegar com o rosto inchado e o nariz vermelho, teve certeza de que havia chorado, e respeitou seu silêncio. Se a prima quisesse conversar, ela ouviria, daria opinião se ela pedisse. Se pudesse, ajudaria também. Não acreditava que seria de muita serventia, mas, às vezes, ouvir já é o suficiente. As pessoas precisam colocar para fora o que as oprime, isso as faz pensar, ilumina o caminho. Os problemas ficam mais fáceis de serem resolvidos. Pensar alto faz bem, mesmo se a pessoa está sozinha. Tinha experiência, pois conversava com o espelho, o que não era a mesma coisa, mas aliviava, dava leveza, ressaltava as opções possíveis ou mostrava sua impossibilidade, até que chegasse à solução adequada.

Jotaó parecia outra pessoa. Estava mais alegre, desinibido, seguro de si. Iria ao colégio para pedir mais uma transferência, desta vez para o turno da manhã, mas antes queria ver Nina. A mãe não deixou que incomodasse a prima, que tinha se trancado no quarto dizendo que ia dormir até o dia seguinte. Jotaó foi cuidar da vida, e voltou ao cair da noite.

Havia um recado de Tereza. Ligou de volta, e ouviu uma advertência azeda:

— Não lhe dei folga. Você está livre somente na parte da manhã. Venha logo, não gosto de esperar.

Jotaó saiu apressado. Não se despediu da mãe nem perguntou por Nina. Pegou um táxi. O emprego estava em perigo no primeiro dia, não tinha entendido direito como deveria agir. Rememorou o que haviam conversado, quais eram suas obrigações e direitos. Não se recordava de Tereza ter dito que ele deveria estar à sua disposição na naquela tarde, achava que começaria no dia seguinte. Bem, já havia pedido a transferência para o turno matinal. Desse problema estava livre. De agora em diante, teria mais cuidado. Pediria desculpas. Será que ela entenderia? Telefonara na mesma hora, fora atencioso, disso ela não reclamaria.

Estava sofrendo por antecipação. Desceu do táxi afobado e encontrou Tereza saindo do elevador. Ela lhe estendeu dinheiro e uma lista de compras, mandou-o à padaria. Depois virou-lhe as costas e voltou ao elevador, antes que a porta se fechasse.

Jotaó ficou desolado. Uma leve ruga, mistura de raiva e decepção, marcou-lhe o semblante. Sentiu vontade chorar, mas engoliu a ofensa, comprou o que ela tinha pedido e voltou ao apartamento. Tereza o recebeu com um carinho no rosto e um beijo na face, e o convidou para lanchar.

5.

A reação inicial de Yasmin foi de curiosidade. Procurou Nina pelo apartamento até se certificar de que não era nenhuma brincadeira, embora desconfiasse de que Nina não faria isso, nunca tinham brincado desse jeito. Mesmo assim, foi até a portaria para perguntar. O porteiro não a vira, talvez ela tivesse saído na hora de sua folga de almoço. A faxineira não o substituía o tempo todo, fazia por colaboração. Yasmin foi procurá-la. Ela não vira Nina sair. Voltou ao apartamento e ligou para Tereza. A conversa foi curta, não se expôs para a amiga. Nina poderia ter ido à padaria comprar sorvete. Yasmin foi atrás, mas sem muita esperança. Havia sorvete na geladeira e Nina não saía sem tê-la ao lado. Ficou perdida. Ensaiou chorar, mas se conteve, enxugou as lágrimas. Suas roupas, sapatos e perfumes estavam intocados, mas as coisas de Nina tinham desaparecido.

Uma fúria desmedida se apossou de Yasmin. Quebrou frascos de perfumes e jogou no chão as roupas que as duas usavam. Foi até a geladeira e a esvaziou, jogou no lixo tudo de que Nina gostava: sucos, doces, frutas e o pote de sorvete. Quebrou os pratos e canecas de que ela gostava. A faxineira bateu à porta. Abriu-a com um arranco:

— O que você quer?

A faxineira se virou e saiu correndo escada abaixo, contou ao porteiro o que acontecera e depois se escondeu no quarto de despejo. O porteiro saiu para a calçada, não queria enfrentar a moradora do apartamento 402.

Yasmin se jogou na cama. Chorou desesperadamente. Planejou vinganças, praguejou. Mordeu os lábios até sangrar, puxou os cabelos até arrancar tufos. Adormeceu de cansaço. O barulho cessara, informou a moradora do 302. Tudo estava calmo, não se ouvia choro nem gritos.

Acordou no dia seguinte com uma certeza e muitas perguntas martelando em sua cabeça. Fora abandonada. Por quê? O que tinha feito de errado? Nina teria que se explicar. Telefonou para Tereza e desabafou. A amiga escutou, mas não deu opinião. Apenas lamentou, disse que Nina fora ingrata e que as mulheres são assim mesmo. Mas não estava se referindo a Nina, apressou-se a explicar. Não queria ficar com cara de tacho se elas se entendessem depois, como acontecia com casais depois das brigas. Se o casal reata, quem toma partido vira inimigo, ou amigo da onça, já fora esfolada por experiências anteriores. Perguntou se Yasmin sabia para onde Nina tinha ido, se queria ajuda, essas coisas que amigas dizem sem nenhuma intenção de ajudar. Queria apenas ser simpática.

Yasmin agradeceu, disse que estava bem e desligou, fervendo de raiva. Pensou que Tereza soubesse de alguma coisa, quem sabe algum segredo de Nina. Não acreditou que Tereza fosse lhe contar. Confiava nela na proporção da desconfiança que Tereza lhe devotava. Sabia que amizade de mulher com mulher muda de valor na medida do interesse. Tereza devia estar interessada em Nina, aliás, já desconfiara da amizade das duas. Mas pelo menos na casa dela Nina não procurara abrigo, menos mal. Devia ter voltado para a casa da prima. Seria fácil saber por intermédio de Jotaó, apelido horroroso que Nina inventara para o pobre rapaz. Ele era simpático e fácil de conquistar. Bastava um estalar de dedos e ele viria correndo.

Telefonou. Perguntou por Jotaó. Deixou seu nome e telefone. Não perguntou por Nina. Pelo tom de insegurança da mãe de Jotaó, teve certeza de que Nina estava lá. A mulher quis saber quem ela era, mas quando ouviu o nome do filho ficou mais tranquila. Prometeu que daria o recado. Ele estava trabalhando, só voltaria no dia seguinte, ela acrescentou antes de desligar.

Yasmin não tinha perguntado onde ele estava, deixou o recado e fez de conta que não tinha escutado.

Quando Nina veio à cozinha, a prima lhe disse que Yasmin tinha telefonado, mas só tinha deixado um recado para Jotaó. Nina ficou cabisbaixa. Estava triste. Foi trabalhar sem entender a razão do telefonema. Não era uma atitude própria de Yasmin, mulher resoluta e corajosa, que devia saber que ela tinha fugido para o único lugar onde teria guarida, e mesmo assim não perguntara por ela. Por que o recado para Jotaó, se não tinha dado nenhuma atenção a ele no primeiro momento? Yasmin não usava subterfúgios para conseguir o que queria. O primo não escondera seu interesse desde que a conhecera. Ela alertaria Jotaó antes que ele se envolvesse com os encantos de Yasmin, mas não sabia ainda como tocar no assunto.

Yasmin esperou que Jotaó ligasse de volta, mas ele não ligou, nem no dia seguinte nem depois. Claro que ali havia um dedo de Nina. Foi visitar Tereza sem avisar. O instinto a alertara de que o silêncio da amiga era estratégico. Sabendo do acontecido, não tinha ligado mais.

O porteiro avisou que ela estava subindo. Quem atendeu foi Jotaó. Tereza estava recolhida em seu quarto, mas logo apareceu para abraçar e beijar a amiga:

— Que surpresa gostosa, amiga.

Yasmin retribuiu o carinho e deu uma desculpa:

— Estava aqui perto, por isso não avisei. Resolvi subir e fazer uma surpresa.

Tereza não perdeu a deixa:

— Bobagem, amiga como você não precisa avisar com antecedência. Deixa isso para os amigos comuns. Você é de casa, mora no meu coração. No nosso, não é, Jotaó?

Jotaó concordou discretamente. Estava incomodado com a visita-surpresa. Tinha recebido o recado dela e não retornara. Achava agora que tinha errado feio, mas já estava feito. Ficou esperando que Yasmin tocasse no assunto, mas ela não olhou para ele e se despediu logo, apesar dos protestos de Tereza:

— Não vá ainda. Fique, faça um lanche com a gente.

Quero lhe contar as novidades. Jotaó agora é meu "escort", vem aqui todos os dias, inclusive aos domingos e feriados. Eu precisava de alguém para me ajudar, estou sobrecarregada de novos projetos.

Yasmin se apressou ainda mais:

— Volto depois. Na verdade, só subi para te dar um abraço. Tenho compromisso em casa.

Tereza insistiu:

— Acho que precisamos conversar mais. E aquele assunto... Continua no mesmo?

Yasmin apenas sorriu. Despediu-se de Jotaó com um tchau e deu um beijo em Tereza. No elevador, já estava chorando. Passou apressada pelo porteiro, e chegando em casa, desabou. Estava se sentindo no pior dos mundos, abandonada por Nina e ignorada por Jotaó. Aquele pirralho ia pagar caro o gesto grosseiro. Odiava os homens, esses seres desprezíveis, que só pensam com a cabeça do meio das pernas. Não têm sentimentos, são covardes. Por isso as mulheres os traem, merecem ser chifrados. Não existe nada de aproveitável em suas cabeças idiotas. Todos se acham muito espertos, mas as mulheres os enganam a vida inteira e eles nem se dão conta de que não são tão espertos assim. Não têm a ousadia das mulheres. Quando erram, não conseguem disfarçar. Qualquer mulher, mais ou menos atenta, descobre suas escapulidas, pois sempre deixam pistas. Eles mesmos se condenam. Já as mulheres agem sempre nas sombras, eles são incapazes de desconfiar. Elas sabem, e adoram que eles sejam assim: vulneráveis em sua esperteza e ingênuos diante da astúcia feminina.

6.

Jotaó estava vivendo num paraíso. Tinha um emprego agradável, bem remunerado e invejado. Era apresentado como amigo, mas, na verdade, ninguém acreditava que Tereza não o afagasse nas noites solitárias em que ele dormia no apartamento. Comentavam:

— Um emprego assim eu também quero. Patroa bonita, bom salário e o prazer como bônus. Deve ter mais açúcar do que a gente.

As clientes que contratavam os serviços de Tereza fingiam acreditar que Jotaó era um auxiliar da decoradora.

— Não é problema meu — respondiam furiosas aos maridos curiosos.

As mais ciumentas não perdiam a oportunidade:

— Está querendo tomar o emprego do rapaz? Por que não tenta? Quem sabe ela te dá uma chance?

A conversa gerava cenas de ciúmes que eram ruins para Tereza. As clientes acabavam dando uma desculpa esfarrapada, tipo "o orçamento é caro", ou inventavam motivos sem sentido. Jotaó percebia, mas ficava quieto. Estava adquirindo experiência em tratar gente rica e bem-sucedida. Observava suas reações, eram mesquinhos e pobres de sentimentos, mas empanturrados de dinheiro, embora não fosse regra geral. Alguns clientes eram simpáticos.

Começou a comparar comportamentos. Os ricos de berço eram afáveis, não exigiam e sabiam ouvir. Algumas vezes os convidavam para almoços e jantares. A simplicidade era sua marca registrada: não mostravam que eram ricos. Eram generosos, relevavam pequenas falhas nos projetos, aceitavam reparos como coisa natural. Não ficavam conferindo. Já os novos ricos primavam por muita empáfia e ostentação. Sentia pena deles. Aceitava suas gorjetas exageradas, quando tentavam mostrar que tinham muito mais dinheiro. Ajudavam nas despesas de casa.

Tereza não interferia nem comentava. Pagava seu salário nas datas corretas. Às vezes dormia com ele. Jotaó já se adaptara à rotina. Gostava de ser dispensado no fim de semana. Sabia que ela queria liberdade para seus encontros, com homens ou mulheres. Já não fazia questão da exclusividade do corpo de Tereza, algo que antes incomodava seu ego. O preço do emprego era esse.

As noites em que dormia com ela eram mágicas. A habilidade de Tereza na cama o incendiava. Esqueceu que um dia tinha sido o homem de Nina, a quem olhava com doçura, pois a cada dia aparentava estar mais apagada. Sentia um grande carinho pela mulher que o iniciara no sexo, mas não a desejava mais. Escutava quando ela queria desabafar, não entendia sua mágoa com Yasmin. Nina nunca contara por que tinha voltado para a casa de sua mãe. Não que isso o incomodasse, pelo contrário. Era com Nina que colocava para fora suas inseguranças diante do futuro. Jotaó tinha incentivado sua prima a voltar a estudar. Deveria tentar outro curso superior, havia opções. Essas conversas atravessavam as madrugadas nos fins de semana livres. A mãe vivia nas sombras, trabalhava durante o dia e emendava as noites fazendo bicos na empresa de eventos. Já desistira de dizer a ela que não precisava trabalhar tanto. Nina achava que para a prima o trabalho era uma fuga, uma maneira de preencher o vazio de sua existência.

Jotaó insistiu tanto que Nina resolveu tentar o cursinho novamente. Ainda tinha muitas dúvidas, mas preencheria seu tempo livre. Ignorava os apelos do sexo, satisfazia-se sozinha nas noites solitárias. Jotaó gostaria de comentar com a prima sua vida dupla de funcionário e amante de Tereza. Sabia que ela não acreditava que ele pudesse viver sem sexo, já devia ter desconfiado de sua relação com Tereza. Às vezes, se lembrava de Yasmin. Atendera ao pedido de Nina para não retornar a ligação, mas ficara arrependido. Yasmin mexia com ele, prometeu a si mesmo que ainda a teria em sua cama. Continuava viva em sua memória a única noite em que ela aceitara um convite seu para irem ao cinema, e ganhara um beijo dela no escuro. Fizera planos de começar um namoro, mas ela o ignorara na festa. O desprezo dela doía, mas a indiferença tinha doído mais.

Com o tempo, Jotaó se recompôs. Tinha perdido uma chance quando ela telefonou. Ficara indeciso, mas atendera ao pedido de Nina. Tinha sido mal-educado com Yasmin, não retornar uma ligação é uma grosseria, machuca uma mulher. Achava que ela nunca o perdoaria. Mulher com o amor próprio ferido é pior do que homem enganado. É uma ferida que não cicatriza. Tinha merecido a atitude distante de Yasmin na casa de Tereza. Agira como um moleque, deveria ter se desculpado. Era só dizer a verdade. Poderia ter ligado de volta, ouvido o que ela tinha para dizer e depois desconversado. Se fosse sobre Nina, teria dito que não se metia na vida dela. Mas fora covarde, e homem covarde mulher não respeita. Não se perdoava pela mancada.

Ainda perguntaria a Nina por que ela tinha pedido para não retornar a ligação. Achava que tinha o direito de saber. Queria se desculpar com Yasmin, se ainda fosse possível. Ficaria em paz com sua consciência. Estava mais seguro em relação às mulheres; se ela não aceitasse suas desculpas, pelos menos saberia que se arrependera e que o tinha feito por um motivo nobre: não desagradar sua prima. Criaria uma oportunidade. Yasmin não tinha voltado a visitar Tereza, mas já ouvira as duas falando no telefone. Continuavam amigas.

7.

Yasmin continuava inconformada com a fuga de Nina. A relação com ela tinha deixado marcas profundas. Já tinha experimentado outros fracassos amorosos, mas nunca tinha sido abandonada assim, sem explicação. Tinha se esmerado na relação, dedicara-se ao amor que Nina despertara, uma pausa em sua vida desatinada. Deixara de afrontar as pessoas e de ironizar os sentimentos de quem era susceptível às paixões. Fora pega na contramão de suas convicções libertárias. Já não pregava mais o amor livre nem as relações sem compromisso. Nina se tornara importante no seu dia a dia, ocupava um lugar cativo em seu coração. Agora Yasmin estava vazia, abalada com a reação da amante.

Nunca lhe passara pela cabeça que Nina pudesse desaparecer assim, afrontar seu amor, deixá-la sem chão, sem oxigênio para respirar. Estava sofrendo. A dor do abandono parecia não ter fim. Como iria superar? Pensou em se mudar para outro apartamento, ou para outra cidade. Seria uma solução? Ela mesma respondia, claro que nada mudaria. Precisava encontrar forças, mas não atinava onde, nem com quem se aconselhar. Tinha poucas amigas, os rapazes estavam cuidando de suas vidas, não lhe trariam nenhum consolo. Tinha medo de pedir socorro a Tereza, a quem era mais ligada. Decerto a decoradora já conquistara Jotaó, sua única esperança de chegar a Nina novamente. Não criara coragem para procurá-la na casa da prima, a quem conhecera rapidamente quando viera ao apartamento. Não se lembrava de seu nome, mas fixara vagamente seu rosto sofrido: uma mulher despenteada, malcuidada, marcas de queimaduras de gordura nos dorsos das mãos. Uma figura triste.

Não era uma desconhecida naquela casa. Se telefonasse e dissesse que era amiga de Nina, com quem tinha morado, decerto saberiam quem ela era. Seria uma forma de falar com Nina, reatar o diálogo. Já havia superado a emoção do primeiro impacto, estava mais segura. Seria comedida ao falar. Sabia onde Nina trabalhava, mas seria o último lugar onde iria procurá-la. O salário era importante para Nina, era sua maneira de mostrar que não era totalmente fracassada. Ainda se lembrava da alegria dela quando contou que arranjara um emprego. Dentro de casa, seria capaz até de agredi-la, mas fazer escândalo na rua, na frente de desconhecidos, seria indesculpável. Era destemperada, capaz de atitudes inesperadas, mas escândalos e baixaria estavam fora de seu contexto de vida. Preferia amargar a dor do abandono pelo resto da vida a perder a pose e a classe. Prezava sua imagem de mulher elegante, educada e fina. Achava-se linda, charmosa, desejável por homens e mulheres. Por que não preservar o mito?

Antes de discar, Yasmin respirou fundo. Conferiu o relógio. Nina só trabalhava na parte da tarde. Deveria estar em casa. Quem sabe ela mesma atenderia? Arriscou. Ouviu uma voz familiar de homem. Repetiu:

— Alô? Quem está falando?

Jotaó reconheceu sua voz:

— Sou eu, Yasmin. O Jotaó. Que surpresa boa.

Yasmin respirou fundo. Não era Nina, mas, por sorte, Jotaó. Não perdeu o traquejo, adocicou o tom de voz:

— Você não me deu confiança, não telefonou de volta... Resolvi ligar de novo, fazer o quê? Não gosto de assuntos inacabados.

Ouviu as desculpas, não acreditou, mas não ia perder a oportunidade. Marcaram um encontro. Ele queria ir ao cinema, ela queria vê-lo em casa:

— Você sabe o endereço.

Jotaó estaria de folga. Aceitou. Yasmin sentiu que Jotaó estava ansioso por vê-la. Fez charme:

— Estou com saudades. Venha sem hora para ir embora, por favor.

Preparou um lanche para esperá-lo. Caprichou na roupa e na maquiagem, mas sem exagero. Não queria parecer nem ansiosa nem muito feliz, apenas o suficiente para deixá-lo interessado. Talvez até cedesse, não seria tão ruim assim. Seu objetivo final merecia algum sacrifício.

Quando viu Jotaó, Yasmin se admirou. Estava bem-vestido, usava roupas modernas e bem transadas. Sua amiga Tereza estava cuidando bem de seu pupilo, decerto dublê de faz-tudo e amante. Beijou-o no rosto, pegou sua mão e o conduziu à sala. Ofereceu-lhe uma bebida. Jotaó preferiu refrigerante. Ela tomou uísque com muito gelo, bebida longa, que se transformaria em água. Sabia dosar, não se excedia quando havia um homem por perto. Mantinha-se alerta, dona de seus sentidos e vontade.

A sobriedade era boa conselheira nos assuntos de amor. Só se excedia quando rolava na cama com alguém interessante. O álcool aguçava sua libido, deixava-a mais solta, desinibia o pouco pudor que ainda preservava.

Ouviram música, Yasmin aceitou o convite de Jotaó para dançar, mas não gostou. Dançaram por pouco tempo. Ela estava com fome, convidou-o para lanchar. Ele disse que já jantara em casa, mas sentou-se à mesa e lhe fez companhia. Pegou outro refrigerante e experimentou um doce.

Yasmin prolongava a conversa. Procurou uma estação de FM que tocava somente música. Voltaram ao sofá, ele a beijou suavemente, mas ela não correspondeu. Jotaó se encolheu, e logo se levantou com a intenção de ir embora. Ela o puxou carinhosamente pela mão.

— Não vá ainda. Quero notícias de sua prima. Aquela ingrata nunca mais veio me ver, nem me telefonou. Ela está bem? Continua trabalhando no laboratório?

Jotaó se acomodou novamente e a puxou para um beijo e um abraço. Ela cedeu. Insistiu para saber de Nina. Jotaó contou o que sabia. Yasmin ficou satisfeita. Nina estava sozinha, ia de casa para o trabalho, de lá para o novo cursinho. Yasmin ficou surpresa com a novidade e deu opinião:

— Acho que o ideal para Nina é fazer um concurso para emprego público. Ela é metódica, inteligente, vai passar com certeza. Dê a ela esse conselho. Pode contar que fui eu que falei, é minha opinião. Ela sempre me ouviu.

Jotaó disse que daria e tentou beijá-la novamente. Yasmin retribuiu, beijou-o com vontade. Ainda abraçada a ele, sussurrou:

— Eu também quero, mas fui surpreendida antes de você chegar. Fiquei menstruada antes da hora. Não dá, você sabe. Mas haverá outra vez. Prometo. Agora vá embora antes que fique muito tarde.

Beijou-o demoradamente, acariciou-lhe o sexo. Levou-o à porta e o beijou de novo. Ficou aliviada quando Jotaó entrou no elevador. Respirou fundo, cantarolou uma música de que gostava, serviu-se de uma generosa dose de uísque. Antes de adormecer, reviu tudo o que ouvira. Seu plano daria certo. Mostraria para Nina que não se desdenha o amor de uma mulher como ela. De quebra, mostraria para Tereza que seu homem não era fiel. Mas será que isso era importante para sua amiga? Duvidava. Mas nenhuma mulher, mesmo não gostando de seu homem, fica indiferente quando ele se interessa por outra. Sabia que era mais bonita e charmosa. Tereza devia estar muito segura de si, mas perderia a pose de superioridade que gostava de manter diante dela. Yasmin odiava ser humilhada, especialmente por uma mulher que se passava por amiga.

Acordou no dia seguinte com o espírito renovado. A falta de Nina já não parecia tão importante. Será que a paixonite tinha chegado ao fim? O dia estava mais luminoso, o ar mais leve. Era pleno verão, mas uma brisa suave acariciava seu rosto e revolvia seus cabelos irrequietos. Há muito tempo não se sentia tão feliz. Que efeito milagroso seria aquele? Será que finalmente sua vida teria uma reviravolta, depois da conversa com Jotaó?

O encontro não tinha trazido nenhuma novidade. De

positivo, apenas que Nina não tinha ninguém, nenhum namorado à vista. Será que Jotaó omitira algum detalhe importante? Ela achava que não. Ele não tinha a malícia de uma mulher, e era um homem imaturo. Não teria nenhum interesse em ocultar algo relativo à prima. Nina continuava sozinha, era ingênua, não assimilara a maldade da cidade. Foi sua pureza que a tinha atraído. Ela cedera com facilidade, talvez fosse esse o motivo de sua fuga: tinha descoberto que não era o que queria da vida, talvez preferisse a companhia de um homem, com todo seu instrumental idiota, sua falta de sensibilidade para entender e aproveitar o que a mulher tem de melhor. Enfim, se fosse isso, tivera uma experiência da qual não se esqueceria tão cedo. Yasmin sabia que a tinha levado à loucura com seus carinhos. Nina desabava, quando a fazia gozar até a exaustão. Gostava de vê-la perder o fôlego de prazer nas preliminares. Nina não resistia aos afagos, aos beijos, ao roçar suave de seus corpos nus. Gozos tão intensos não são esquecidos com facilidade.

Traria Nina de volta, nem que tivesse de cedê-la a algum macho insensível. Seria sua ternura e perícia se opondo ao coito com um homem. Nina sentiria a diferença. Agora, que estava fortalecida, livre da paixão que a sufocara nos primeiros dias de separação, saberia atraí-la com mais segurança. Para amenizar a impaciência, comprava mais roupas, sapatos, shorts, lingerie. Queria estar irresistível na frente de Nina. Jotaó contaria que estivera com ela, os homens não sabem guardar segredos. Gostam de falar sobre mulheres, mas não conseguem entender que as mulheres só tagarelam sobre futilidades. Quando o assunto é sério, falam em segredo, trancadas em seus quartos, onde se refugiam para traçar estratégias. Ouvem com atenção quando uma amiga conta que aprontou com seu homem, como fez para disfarçar, omitir tudo e aparecer como vítima, mesmo sendo pega em flagrante. Um aprendizado que não tem fim.

Os homens, convencidos de sua inteligência superior, trocam ideias com um amigo ou outro, mas planejam tudo sozinhos. E erram, mas nem quando erram conseguem aprender. Quando mentem, caem em contradições infantis. As mulheres perdoam, mas não esquecem. Ficam confiantes. Aprontam. Não se arrependem nem sofrem, pois não acreditam que tenham errado: foi apenas uma troca, uma compensação pelo que perdoaram. São práticas: quem deve, paga na mesma moeda, é uma prática honesta, não fica remorso nenhum.

8.

Nina escutou seu primo, atenta, mas ansiosa. Ficou feliz com as notícias de Yasmin. Tinha pensado que não sentiria saudades dela depois de tanto tempo. Mas quando Jotaó pronunciou seu nome lembrou-se de tudo, da convivência, dos momentos felizes, da paixão. O passado parecia mergulhado em uma penumbra que de repente se dissipou. Estava verdadeiramente infeliz com ela ou se precipitara? Nina não sabia a resposta. Continuou ouvindo Jotaó falar sobre seu encontro com Yasmin. Ele não escondia sua admiração pela beleza da amiga, será que estava apaixonado? Tomara que não. Sentiu ciúmes. Yasmin era só dela, não daria confiança para Jotaó. Nina não admitia reparti-la, não queria mais conversar.

Desculpou-se e foi para seu quarto. Começou a achar que o primo era confiado, estava cheio de si. Será que Yasmin tivera coragem de se insinuar para um idiota como ele, sem eira nem beira? Ela não seria louca a esse ponto. Será que fizera de propósito? Yasmin não seria capaz de golpes baixos. Era possessiva, mas carinhosa. Nina não podia colocar seu amor em dúvida. Sabia que fora amada, intensamente. Nunca imaginara que o amor de uma mulher fosse tão intenso e envolvente. Yasmin pensava em sexo o tempo todo, e à noite ficava mais acesa, não havia trégua. O sexo comandava a rotina das duas.

No princípio, Nina se sentia tão insaciável quanto Yasmin, e a provocava durante o dia. Depois foi se acalmando. Gostava de sexo, o gozo lhe fazia falta, mas precisava de momentos de reflexão, de repouso, de uma noite apenas para dormir. Yasmin entendera tudo errado.

— Você está cansada de mim? — ela reclamou.

Nina negou. Gostava de sexo, não se cansara de seus afagos, mas precisava dormir. Trabalhava, o desgaste no emprego era grande, o gerente cobrava eficiência e mais atenção diante de pequenos erros. Yasmin queria que ela largasse o emprego, não precisava trabalhar. A mesada que recebia dava para as duas. Discutiram. Nina perdera a paciência com Yasmin:

— Você acha que seus pais são eternos? Um dia eles vão se cansar de te dar boa vida. Vê se acorda, Yasmin! A vida que você leva é uma fantasia, e toda fantasia acaba um dia.

Naquela noite as duas se amaram com mais intensidade. Yasmin era insaciável, já se interrogara se ela era normal. Mas conseguia entender, pois sentia uma falta enorme de sexo, o que a deixava com dores no corpo. Quando o primo começou a esfriar o relacionamento, masturbava-se para conseguir dormir. No início da amizade com Ramiro não cedera para ele por prudência, sentira que não daria certo. Não sentia desejo por ele. Ele era homem, ela não duvidava. Ficava excitado quando a abraçava, mas ela ficava indiferente. Por quê? Sentir tesão por um homem era natural. Nina não conseguia explicar o que acontecera entre Ramiro e ela, foi por isso que ela quis romper o namoro.

Com Yasmin tudo foi diferente. Ela se interessou quando a amiga se insinuou. As indiretas eram evidentes. Uma vez Yasmin comentou que sabia fazer uma mulher subir pelas paredes com seus carinhos. Nina era curiosa, como qualquer outra mulher. Não acreditava inteiramente em Yasmin, mas a dúvida estava instalada. Aos poucos, ela foi estimulando seu desejo. Estava sem sexo há muito tempo, a masturbação não era suficiente.

Nina nascera fêmea. Precisava de um gozo completo, pois só assim se sentia inteiramente mulher. Desde menina ficava atenta quando via os animais da fazenda cruzando. Os machos escolhiam pelo cheiro, perseguiam as fêmeas no cio. Quando a fêmea fugia, o macho a dominava. Os cães a impressionavam.

Ficavam atados às fêmeas por longo tempo. Havia um touro de pelagem vinho, chamado Zeus, que cobria as novilhas e só as deixava ir quando esgotava seu sêmen. Era seu favorito. Ficava excitada ao vê-lo no pasto. O tesão do touro era inesgotável. Naquelas noites Nina se masturbava antes de dormir. Depois que menstruou, seu tesão ficou incontrolável. Foi quando se deitou com o capataz. Ele a rasgou na primeira vez. Ela ficou amedrontada, mas seu tesão por ele se acentuou.

Yasmin tinha superado tudo. Aprendeu com ela que o gozo é mais intenso quando há preparação, afagos e beijos. O que tinha sentido com os homens que a iniciaram era o gozo bruto, animalesco, sem preliminares que a excitassem. Quando transou com o primo quis trocar carinhos, mas foi inútil. Homem só aprende com mulheres experientes.

Essas lembranças não a deixavam dormir. Acariciou o sexo. Irritou-se. Foi até a cozinha, estava com sede. Jotaó estava lá com um copo na mão:

— Está com sede também?

Começaram a conversar. Nina não aguentou:

— Vamos para o meu quarto.

Rolaram na cama por muitas horas. Nina estava insaciável. Jotaó continuava bruto na penetração, mas estava mais carinhoso. Tereza o tinha domado. Conversaram pouco, queriam apenas sexo. A mãe de Jotaó estava trabalhando, fazendo "bico". Embora tivesse ajuda, não precisasse mais trabalhar com tanto afinco, continuava levando a mesma vidinha de apertos.

Jotaó não aguentava mais, mas Nina queria mais. Queria sexo oral. Jotaó recuou, se levantou e foi para seu quarto. Nina se convenceu de que todo homem precisa de uma boa mestra na cama. Ou o primo continuava preso a velhos preconceitos, ou sentira nojo dela. Levantou-se e ligou para Yasmin. O telefone tocou até desligar. Não quis deixar mensagem na secretária eletrônica. Voltou para a cama e chorou até adormecer.

Nina acordou de mau humor, o que se tornara comum ultimamente. A mãe de Jotaó não voltara para casa. Será que finalmente encontrara alguém para lhe fazer companhia? Será que acordara para a vida, descobrira que além do trabalho existia prazer? Tomara que a prima tivesse encontrado um homem gentil e amoroso para completá-la.

Jotaó já tinha saído para o colégio. Estava mais estudioso, tomara gosto pelos livros. Um dia teria sucesso. Enquanto tomava café, Nina ficou matutando sobre o que fizera. Envergonhava-se de sua fraqueza. Estava inquieta, precisava de carinhos, não havia mais ninguém. Não aconteceria de novo, prometeu a si mesma, solenemente. Estava firme no emprego, até conseguira uma promoção. O salário daria para alugar um flat modesto, já estava na hora de alçar seu primeiro voo, já passara da hora, na verdade.

Aprontou-se devagar. Estava indecisa, não sabia se tentava de novo ligar para Yasmin. A prima chegou antes de ela sair, viu que ela tinha chorado. Acudiu:

— O que houve?

Ficou sabendo, entre um soluço e outro, que ela tinha perdido o "bico" porque repelira uma cantada do gerente. Ficara sem sua renda extra.

Nina ficou sem saber como agir. Consolar a prima era uma tarefa difícil, não tinha como ajudar. Significava que não poderia se mudar, não teria seu canto. Estava na hora de ir, seu emprego era sua segurança. Abraçou a prima:

— Tudo vai dar certo. Peça proteção a Deus. Você tem fé, e isso importa muito nessas horas — disse, e saiu apressada.

Não queria participar dos problemas da prima. Tinha os seus, que eram muitos, e difíceis de resolver. Pensou em pedir ajuda para Tereza. A patroa de Jotaó ajudaria. Não lhe saía da cabeça que havia mais do que relação de emprego entre ela e Jotaó. O primo relutara um pouco na noite anterior, foi como se temesse que Tereza pudesse saber que estivera com outra mulher, e não estava com tesão acumulado. Toda mulher sabe quando um homem está em jejum por muito tempo, ficam mais fogosos, mais apressados, afoitos para penetrar. Jotaó não tinha ficado indiferente, pois homem não rejeita sexo, mas estava saciado, e certamente teria mais sexo com a patroa no dia seguinte.

Estava resolvido. Falaria com Tereza. Não pediria a Jotaó, porque o primo ficaria constrangido, envergonhado de interceder pela mãe. Nina chegou antes da hora no emprego e ligou para Tereza. Combinaram de se encontrar mais tarde. Seu expediente terminava às oito, era uma boa hora para Tereza.

9.

Quando Jotaó voltou do colégio encontrou um bilhete curto da mãe:

— Seu almoço está no forno. Fui procurar emprego

Só depois soube o que acontecera. A mãe não trabalhava mais para o bufê, não teria mais bicos, nem sabia se receberia encomendas. Havia se desentendido com o gerente. Jotaó não deu importância. Por que a mãe estava tão preocupada? Tinha uma pensão. Não pagava aluguel. Ele ajudava nas despesas, Nina também.

Comeu depressa e foi trabalhar. Soube que Nina e Tereza se encontrariam mais tarde. Ficou assustado. Será que a maluca da prima iria contar para Tereza que tinham transado de novo? Ele desmentiria. Mas como poderia negar? Tereza não ia acreditar. Entrou em pânico. Precisava dar um jeito de evitar o encontro das duas. Talvez fosse melhor se adiantar, contar o que tinha acontecido. Quem sabe Tereza entenderia que ele fora assediado e não resistira? Homem é bobo, fraco, não sabe se esquivar. Contaria a verdade.

Nina o convidara para ir ao quarto dela. Será que contar a verdade tornaria mais fácil o perdão da patroa? Começou a andar de um lado para o outro. Estava sem lugar. Tereza notou sua agitação e o interrogou. Foi veemente. Jotaó não resistiu. Quando ele acabou de contar, ela o esbofeteou:

— Isso é para você não me trair nunca mais. Não vou despedi-lo. Pode ficar tranquilo. Preciso de seus serviços.

Jotaó a beijou repetidamente. Lágrimas molharam seu rosto, estava aliviado. A aventura por um tapa na cara. Tinha merecido, mas ficou amuado em um canto a tarde inteira. Temia pelo encontro com a prima. O que Tereza reservara para humilhá-lo na frente de Nina? Não atinava com nada. Será que tinha ficado satisfeita com o bofetão? Se fosse isso, estaria bom.

Quando Nina chegou, Tereza a recebeu com um largo sorriso, e a beijou. Jotaó ficou por perto, imóvel, mudo, com uma expressão de medo. O que Tereza faria? Ficou atento ao que as duas mulheres conversavam. Tereza foi solidária, disse que pensaria em alguma coisa para ajudar a mãe de Jotaó. Não prometia nem dava certeza, mas falaria com amigos que promoviam festas. Havia muita gente que precisava de serviços terceirizados, exatamente o que ela sabia fazer.

Nina agradeceu. Tereza não a deixou ir. Improvisou um jantar, abriu uma garrafa de vinho, disse que gostaria de vê-la mais vezes. Levou Nina até o elevador, disse que telefonaria dando notícias. Quando voltou, encontrou Jotaó mais tranquilo. Retirava a louça do jantar quando Tereza o chamou:

— Venha ficar comigo. Amanhã a diarista lava tudo.

Levou-o para o quarto e o despiu. Fez de propósito, queria deixá-lo excitado. Puxou-o sobre seu corpo nu e guiou sua boca para o baixo ventre. Queria sexo oral. Jotaó se curvou sobre ela e a fez gozar. Tereza ainda se contorcia de prazer quando ele quis penetrá-la, mas ela não permitiu. Mandou-o para o banheiro:

— Vá se masturbar para gozar, se quiser. Cuidado para não sujar o chão. Depois pode vir dormir na minha cama, mas quieto, como um menino obediente. Quando eu permitir, faremos sexo novamente. Por enquanto vai ser assim. Isso, se não procurar mais sua prima.

Jotaó tomou banho e voltou para a cama. Foi acordado no meio da noite. Tereza o mandou ir dormir em casa. Não tinha perdoado sua traição. Ele sabia que ela tinha aventuras, mas ele não podia ter. Era propriedade dela, isso ficara bem claro desde o início, ela tinha lembrado na conversa que tiveram após sua confissão. Concordara com tudo. Entre ser empregado em uma empresa e trabalhar para Tereza, com as benesses que tinha, continuava com ela. Aceitou as novas regras em troca do perdão dela.

Entrou em casa sem fazer barulho. Conhecia todos os cantos. Viu luz no quarto da mãe pela fresta da porta, quando foi ao banheiro. Nina e a prima conversavam animadamente, como as mulheres tinham assunto! Foi para seu quarto e tentou dormir, mas o sono não veio. As emoções do dia tinham-no deixado exaurido. Nunca fora tão humilhado.

Tereza sabia excitá-lo. A maneira como ela o despira prometia, queria cavalgá-la, a urgência do sexo exigia. Quando Tereza o fez curvar-se sobre seu ventre, quis recuar. Ela foi incisiva:

— Se não fizer o que eu quero, vai se arrepender. Está passando da hora de aprender como agradar uma mulher para ser perdoado. Não é só o pau duro que nos satisfaz. Deixa de ser bobo. Vai ser sempre assim, eu mando e você obedece.

Jotaó pensou em abandonar o emprego pela primeira vez. As vantagens eram grandes, mas ter de se masturbar estava fora de cogitação. Tereza fora dura, se derretera em um gozo prolongado e o deixara na mão. Levantou-se e foi tomar água. As duas mulheres conversavam baixo. Apurou os ouvidos. Ouviu o nome de Tereza. Nina devia estar dando as boas novas sobre a possibilidade de um novo emprego. Voltou ao quarto, mas só adormeceu com o dia clareando.

Acordou cansado. A mãe o chamou para tomar café e ir depressa para o colégio. Estava atrasado. Não perguntou pela prima. Nina? Nunca mais. A lição de Tereza era recente, não seria esquecida. Nunca lhe passara pela cabeça que uma mulher pudesse ser tão vingativa. Na verdade, ela tinha sido cruel com ele. Ele fora humilhado. Ela lhe negara sexo, mesmo vendo seu estado de urgência. Estava preocupado com a possível ligação de sua mãe com Tereza. Ouvira-a prometer a Nina que ajudaria. Que espécie de ajuda viria de Tereza? Temia surpresas, mas não podia interferir no assunto. Sua mãe estava transtornada com a súbita interrupção de sua fonte de renda extra. Nina havia contado que sua mãe perdera o emprego por não se sujeitar aos arroubos do gerente. Por que não tinha reclamado com os proprietários? Ou a história estaria mal contada? Sua mãe dera uma brecha ao gerente ou ele fora realmente atrevido? Nunca saberia a verdade. E se o descuido fosse de sua mãe? Será que ela não poderia ter contornado a situação e evitado a demissão?

Jotaó não colocava em dúvida o comportamento da mãe. Ela não era leviana. O pai havia falecido há muito tempo, ela era livre, tinha direito de ter um namorado, embora a ideia o desagradasse. Ela continuava atraente, mas era maltratada, por desleixo ou indiferença, ele achava que o assunto não lhe interessava. Do colégio foi direto para a casa de Tereza. Às vezes, o almoço em casa atrasava, e não queria dar à patroa chance de reclamar.

Tereza não estava em casa. Pediu à diarista que o servisse, depois ficou quieto na sala. Estava ansioso. Por que Tereza não o esperara? Ela nunca abria mão de sua companhia.

A tarde passou devagar. Estava entediado, e estranhamente cansado. Era a tensão de não ter o que fazer, estava acostumado à vida agitada de Tereza, quando não estava percorrendo as obras, visitava fornecedores. Ela tinha uma agenda repleta de compromissos, mas nunca a vira reclamar, gostava do que fazia, era minuciosa em seus projetos. Estava aprendendo muito com ela, tinha planos de cursar arquitetura. Gostava de desenhar, embora não tivesse muito jeito. Tereza o incentivava:

— Arquiteto não precisa ser bom desenhista, mas inspiração é importante.

Ela não cursara faculdade, mas fizera um bom curso de desenho. Revistas especializadas se empilhavam na estante da sala, Jotaó as folheou para se distrair. Já era noite, passava das 10 quando Tereza voltou ao apartamento, carregada de sacolas. Ajudou-a como pôde. Estava mais calada, Jotaó ficou sem lugar. Ela rompeu o silêncio:

— Você parece preocupado.

Jotaó teve um acesso de tosse. Tereza o abraçou:

— Sem neura, detesto homem maricas — ela disse, e foi buscar água com açúcar.

Puxou-o para o sofá e o fez deitar-se em seu colo. Jotaó começou a chorar. Contou que sua mãe o acariciava assim quando o pai brigava com ele. Era menino, não tinha controle das emoções. Tinha crescido, mas continuava maricas, chorava à toa.

Jotaó ficou no colo de Tereza por muito tempo. Estava aliviado pelo gesto carinhoso. Tereza o beijou e o mandou lavar o rosto:

— Vá se refrescar. Já sei do que você está precisando.

Levou-o para o quarto e rolaram na cama.

10.

Tereza chamou a mãe de Jotaó na semana seguinte, e a vida da família sofreu uma mudança drástica. Tereza deu folga a Jotaó:

— Convidei a Stela para jantar. Aliás, tive que perguntar seu nome, pois ninguém teve a gentileza de me dizer, era só mãe pra cá e mãe pra lá, prima isso e prima aquilo. Nunca vi tanta falta de traquejo. As pessoas gostam de ser chamadas por seus nomes verdadeiros. Tenho horror de apelidos. Acho falta de respeito.

Jotaó se encolheu:

— Não me importo, apelido é demonstração de carinho.

Tereza se enfureceu:

— Demonstração de carinho, coisa nenhuma. Só se foi porque sua prima inventou. Daqui pra frente, você vai ser Joaquim e pronto. Vai discordar?

Joaquim não insistiu. Era melhor dizer adeus ao apelido do que jogar para o alto o que havia conquistado, mas concordou de má vontade. Que o chamassem de Joaquim ou Jotaó, não faria diferença. Tereza disse a Nina, quando a viu novamente, o que pensava dos apelidos, mas Nina repeliu a ideia de voltar a ser Antonina. Tereza não se conteve:

— Tudo bem, Nina. Seu apelido eu até acho razoável, mas quero que trate o Joaquim como Joaquim, na minha presença.

A conversa com Stela foi longa, o jantar se estendeu até meia-noite, e Tereza foi levá-la em casa.

Stela não conseguiu dormir. Sua mente fervilhava. Era

a primeira vez que se sentia importante, uma pessoa de valor, com potencial de sucesso. Sua vida com o marido tinha sido morna, sem grandes sonhos. Acomodara-se. Quando o filho nasceu, começou a fazer doces para fora. Vendia para pessoas modestas; não podiam pagar muito, mas ela se contentava, dava para ajudar nas despesas do filho. Fraldas descartáveis eram caras, não cabiam no salário do marido. E havia as roupas, os brinquedos. Depois, o jardim de infância. Felizmente não houve doenças que demandassem remédios. O filho tomou todas as vacinas, raramente pegava um resfriado.

Quando seu marido morreu, a realidade a obrigou a se desdobrar naquilo que sabia fazer melhor. Ouvira de uma vizinha, que criara os dois filhos vendendo empadas, que o melhor negócio que existia era comprar cru e vender cozido. A vizinha, que tinha mudado para a praia depois que os filhos se formaram e tomaram rumo na vida, lhe deu o conselho e uma centena de formas de alumínio. Tinha comprado a casa na praia com o lucro da venda de empadas, e ensinou que a melhor carne de frango para recheá-las era a das costelas, parte que ninguém comprava, os matadouros clandestinos descartavam ou vendiam barato.

Foi o que Stela fez, e nunca contou para ninguém. Guardou o segredo e seguiu a receita. Suas empadas tinham um sabor inigualável, fez fama na vizinhança, mas nunca teve oportunidade de ter seu próprio negócio. Agora Tereza iria abrir-lhe as portas, com o projeto de uma fábrica de salgados e doces em sociedade. Tereza cuidaria das finanças, o foco inicial seriam as empadas. O filho poderia ser útil, mas continuaria trabalhando diretamente para ela. Não queria misturar mãe e filho:

— Não dá certo — Tereza foi categórica. Quanto a Nina, quem sabe no futuro? Ela sabia de seus planos de estudar Administração. Não prometia nada, mas havia possibilidade. Tereza providenciou um imóvel com espaço adequado para uma cozinha industrial. Poderiam fazer eventos, ela conhecia famílias que ofereciam recepções. Os prédios mais novos tinham salões de festas, havia espaços para alugar. Tudo era possível.

Stela ficou animada com as ideias de Tereza, admirou seu dinamismo. Estava pronta para trabalhar. Tereza explicou que não queria uma funcionária, daria a ela uma participação de 20% na sociedade, que Stela integralizaria com os lucros. Stela tinha dito que não tinha dinheiro, Tereza gostou da sinceridade da futura sócia. Pediu-lhe para evitar apelidos no ambiente de trabalho, e Stela concordou. Não gostava de ver o filho esconder o nome do pai. Incorrera no erro, estava na hora de consertar. Daí em diante, o filho seria Joaquim, gostasse ou não. Chamou o filho para conversar:

— Pela primeira vez vejo um futuro. Aceitei o que ela me propôs. Aliás, doravante vou chamá-lo de Joaquim. Não quero reclamação.

Joaquim aquiesceu. Nunca ouvira a mãe falar nesse tom, que lhe pareceu autoritário. Devia ser influência de Tereza, ele a conhecia a cada dia mais. Se sua mãe estava feliz, ele também estava.

Nina ficou animada, participou da alegria da casa. Pensou em voltar à faculdade. Administração de empresas? Era uma oportunidade! Sua vida sentimental ficaria para depois.

Tereza não ficou só nas promessas. Foi ao apartamento de Stela para conferir o que ela tinha e o que poderia ser aproveitado. Era quase nada, formas de bolos e forminhas de empadas, tabuleiros rústicos de madeira, alguns talheres. Tereza descartou quase tudo, exceto as forminhas. Alugou uma loja grande, afastada da área comercial. Stela iria de ônibus, poderia dormir lá. Havia um mezanino de madeira, era rústico, mas bem estruturado, com um banheiro. Não era o ideal, mas serviria para descansar e dormir nas emergências.

A vizinhança não se incomodaria com o cheiro e a fumaça. As casas eram simples, afastadas umas das outras. Seria fácil contratar cozinheiras, ajudantes de cozinha e de serviços gerais. Não teriam de fornecer vale-transporte, era uma despesa a menos. Stela aprovou. O espaço era arejado, diferente de sua acanhada cozinha de apartamento, onde os vizinhos reclamavam do cheiro e do barulho.

A surpresa maior ficou por conta do utilitário que Tereza financiou para levar e buscar Stela todos os dias, fazer entregas, transportar as compras que fariam no atacado. O motorista seria Joaquim. No princípio, Tereza os acompanharia, queria conhecer todo o processo de produção. Depois passaria para Joaquim a tomada de preços para a compra de insumos. Nina ficou de fora do arranjo inicial dos "Quitutes Stelamaris", nome escolhido por Tereza para prestigiar seu braço direito.

Stela abraçou a sócia, chorou de alegria. Joaquim se afastou para lavar o rosto, não ia chorar na frente de Tereza. Ela percebeu e o abraçou:

— Você ainda será importante por aqui. Tenho outros planos. Por enquanto, estude, pois seu futuro depende disso. Ouviu?

Joaquim achou o tom dela desaforado. Nem sua mãe falava com ele assim, mas por causa dela, ficou calado. Tereza soara autoritária, mais do que o normal. Ele não gostava desses rompantes. Devia estar magoada por seu deslize com Nina, mas ela não era dona dele. Como não era conveniente revidar, remoeu a raiva. Um dia daria o troco. Quanto a Nina, ele não se importava, pois ela nada significava. Mas havia Yasmin, a quem desejava, e a prima era uma ligação importante.

Yasmin mexera com sua libido, mas suas obrigações na fábrica não lhe deixavam muito tempo de folga. Estava terminando o segundo grau, a entrada na faculdade se aproximava. A fábrica de quitutes consumia suas horas de folga e já não tinha sábados nem domingos livres, porque nos fins de semana o movimento dobrava. Nina, pelo que a mãe lhe contara, faria Administração. Ela viera à fábrica na inauguração, mas não voltara mais. Ele não tinha certeza de nada. Só porque sua mãe montara um negócio, não era motivo para cursar uma faculdade de administração. Mas fora disso, fazer o quê?

Foi conversar com a prima. Nina, ao contrário do que ele pensava, não estava tão interessada no curso. Tinha desanimado. Durante a conversa, o telefone tocou, ela atendeu. Quando desligou, voltou-se para Joaquim, a quem nunca mais chamara de Jotaó, e deu uma desculpa:

— É uma colega de trabalho.

Joaquim não acreditou. No mesmo dia, ligou para Yasmin. Ela foi educada, mas fria. Joaquim insistiu, queria vê-la. Ela se desculpou:

— Tenho andado muito ocupada. Depois nos falamos. Pode ser?

Joaquim ficou sem saber se desligava ou continuava a conversar. Yasmin não lhe deu chance:

— Tenho um bocado de coisas para fazer, desculpe — e desligou.

11.

Quando Yasmin desligou, ligou para Nina. Joaquim atendeu, ficou falando "alô, alô", depois desistiu. Não queriam falar com ele, devia ser Yasmin, que ligara para falar com Nina. Ele não tinha nada com isso. Deu de ombros e foi para seu quarto.

Dali a poucos minutos ouviu o telefone tocar. Ficou quieto. Nina atendeu, logo depois saiu e trancou a porta do apartamento. Não voltou para dormir. Sua mãe tinha avisado que dormiria na fábrica, trabalharia até tarde para atender uma encomenda que ele entregaria antes das onze horas no dia seguinte.

Sua mãe tinha remoçado, o trabalho duro lhe fazia bem. Estava serena, mas ficava ansiosa com o excesso de encomendas. Ele percebia, mas não a via triste. Estava cuidando da aparência, frequentava o mesmo salão que Tereza. As unhas estavam bonitas, embora não as pintasse. O corte do cabelo realçava seu rosto. Quando a beijava, sentia que estava perfumada.

Stela era outra pessoa. Falava com segurança, conversava com os clientes com desenvoltura. Anotava as encomendas, mas quando havia orçamentos maiores pedia a ajuda de Tereza, a sócia ia à fábrica sempre que ela precisava. As duas se tornaram amigas. Joaquim estava feliz.

Sua relação com Tereza havia minguado. Raramente ela o deixava dormir no apartamento. Suas antigas obrigações foram sendo transferidas para Gervásio, um senhor sem muitos sorrisos. Foi apresentado a ele:

— Este é o Joaquim, filho de minha sócia.

Gervásio foi educado, mas formal. Joaquim gostou dele. Tratava Tereza por "dona Tereza" e a ele por "Sr. Joaquim". Joaquim o corrigiu:

— Nada de senhor para mim. Apenas Joaquim.

Mas Gervásio ficou na dúvida, olhou para Tereza. Ela aprovou, Gervásio estendeu a mão para Joaquim:

— Combinado, Joaquim, mas me trate por Gervásio.

Tereza interferiu:

— Chega de reverências exageradas. Vão trabalhar.

Os dois se tornaram amigos. Quando podiam, conversavam longamente. Gervásio era um faz-tudo, servia de motorista para Tereza. Herdara de Joaquim as tarefas corriqueiras, mas tinha suas folgas, quando Joaquim o substituía.

Finalmente chegou o fim de ano, com sua correria habitual. Joaquim precisou de aulas de reforço para não perder o ano, e logo depois fez o vestibular. Resolvera mesmo fazer Administração de Empresas, tomara gosto pela ideia. Quando saiu o resultado, tomou o primeiro porre de sua vida. Stela e Tereza comemoraram, mas sem os mesmos excessos. Tereza deu-lhe uma noite de amor.

Stela nunca desconfiou da relação dos dois, para ela Tereza era apenas uma mulher que gostava de seu filho. Os Quitutes Stelamaris criaram fama, as "empadas da Stela" faziam sucesso, os bolos se tornaram referências nas festas. A ideia de eventos foi sendo deixada de lado. Não atendiam mais encomendas, as lojas de varejo consumiam a produção. Restringiram a fabricação de bolos. Dava lucro, mas tomava tempo de forno. Com o foco no varejo, não precisavam mais trabalhar nos fins de semana. Verticalizaram a produção. Produziam durante a semana e entregavam a mercadoria às quartas e sextas.

Gervásio passou a ser funcionário da fábrica. No segundo ano de faculdade, Joaquim fez um organograma de escoamento e entrega. Stela continuava rigorosa na qualidade dos produtos. Compraram novos fornos e misturadores de massas. Investiram em um terreno e construíram um galpão.

Stela reformou o apartamento, mas antes de o filho se

formar decidiu comprar um novo, deu o apartamento antigo como entrada e financiou o saldo. Tinha resolvido não depender de Gervásio nem de Joaquim: comprou um carro e tirou carteira de habilitação. Nina havia se mudado para um apartamento pequeno e telefonava de vez em quando. Estava bem, pedia notícias de Joaquim, mas não prolongava a conversa. Contou que passara em um concurso público e estava esperando a nomeação. Stela, envolvida em seu trabalho, não insistiu. Deu-lhe parabéns e desejou-lhe sucesso. Quando comprou o apartamento telefonou, convidando-a para conhecer a nova casa. Não marcaram data, e ficou nisso.

Joaquim tinha uma ideia fixa: rever Yasmin. Era a mulher que ele desejava. Tomou coragem e foi vê-la sem avisar. O porteiro estava ausente. Subiu até o quarto andar e tocou a campainha. Quem atendeu foi Nina. Ficou sem saber se entrava ou ia embora. Nina foi simpática:

— Oi, Joaquim. Entra, não faça cerimônia. A casa é nossa — disse, e beijou-o com carinho.

Joaquim não escondeu seu desconforto com a situação. Yasmin assomou à sala de calcinha, não se cobriu nem recuou. Cumprimentou Joaquim com naturalidade e voltou ao quarto. Nina começou a rir do embaraço do primo. Ele quis ir embora, mas Nina o impediu:

— Você sabe que a Yasmin é assim. Por que a decepção? Ficou surpreso de me encontrar aqui? Continuo amiga dela.

Nina mal terminara de falar quando Yasmin retornou à sala, vestindo uma blusa curta e um short justo:

— Não precisa ir embora. Já me vesti. Estou bem assim?

Yasmin se exibia na sala, andando de um lado para o outro. A intenção de seduzir Joaquim era evidente. Ele se levantou e saiu sem fechar a porta. Não se despediu, não esperou o elevador. Desceu pelas escadas. Yasmin e Nina caíram na gargalhada. Yasmin abraçou Nina e a puxou para o quarto:

— Você não precisa de homem. O tempo dele já passou.

Yasmin estava com ciúmes. Nina tinha contado a ela como se envolvera com o primo, e Yasmin continuava possessiva. Nina odiava ser sufocada, e quando retomaram o namoro impusera condições:

— Não quero ser manipulada como se fosse um objeto.

Mantinha seu apartamento, à custa de muito sacrifício. Yasmin tinha concordado, mas não lhe dava trégua. As duas se entendiam depois das brigas, mas ficava a mágoa. Nina precisava da ajuda de Yasmin. O que ganhava não cobria suas despesas. Yasmin a socorria com o aluguel, Nina cedia e voltavam a namorar. Não sabia dizer se havia amor, carência, interesse ou todas essas coisas juntas. Sua nomeação não saía, precisava urgentemente do emprego público para se equilibrar.

12.

Joaquim sabia que um gesto impensado seu seria um desastre para sua mãe, mas não se desculpava por sua infantilidade. Já era um homem, se imaginava maduro e experiente. Estava no limite, a paciência no fim, não suportava mais as exigências descabidas de Tereza. Não se apegara a ela. Era grato pela ajuda que lhe dera, mas sabia que sua mãe trabalhava com afinco e dava lucros à fábrica. Achava que a participação da mãe na empresa era injusta, ela merecia 50% na sociedade, mesmo que tivesse de completar o investimento com o resultado do balanço. Era um assunto a ser enfrentado.

O curso de Administração era útil. Conversar com a mãe seria a parte mais difícil. Ela sabia trabalhar, mas reivindicar seus direitos seria um desafio grande demais para ela enfrentar. Joaquim não atinara com uma estratégia para tocar no assunto, tinha certeza de que em algum momento teria que abordar o assunto tabu: ela era grata a Tereza por ter acreditado em seu potencial. Já a ouvira dizer que as pessoas devem ser eternamente gratas a quem que as tinha ajudado. Concordava, mas havia uma diferença na relação comercial que precisava ser equacionada. Os Quitutes Stelamaris tinham sucesso devido à dedicação de Stela dentro da fábrica. Ele não diminuía a importância de Tereza, mas sem Stela, a fábrica teria vida curta. Sua mãe não repassava todos os segredos da fabricação às auxiliares. Nunca se sabe até que ponto o empregado de confiança de hoje se tornará o concorrente de amanhã.

Tereza não tinha interesse no funcionamento interno da fábrica, o que, para Jotaó, demonstrava a importância de sua mãe. As sócias se davam bem, ele achava que eram confidentes. Mas não acreditava que Tereza tivesse deixado escapar a relação que mantinha com ele; melhor assim: ela era a patroa e ele o empregado. Ou a mãe era muito ingênua ou se fazia de boba para viver em paz com Tereza. De toda maneira, isso já não o incomodava mais, pois se afastara da cama de Tereza. Raramente acontecia um encontro.

Um fato novo, porém, o assustou: Yasmin tinha visitado a fábrica em companhia de Tereza, estava muito bonita, contou-lhe a mãe. Ele concordou. De fato, ela era bonita e sabia se fazer de inocente para angariar simpatia, ele pensou, mas não disse nada. A visita de Yasmin tinha outro objetivo: Tereza o chamou no dia seguinte para uma conversa.

Jotaó ouviu todos os desaforos possíveis. Tereza o chamou de cafajeste, mal-intencionado e outros adjetivos ofensivos que ele nunca escutara antes. Em seguida, o dispensou sumariamente. Era um inútil na fábrica. Mandou calcular sua indenização sem dar satisfação à sócia. Quando Stela soube, era tarde demais. Chorou muito, e em casa o seu mundo desmoronou. Queria conversar com o filho, mas ele se fechou, não lhe dava uma brecha.

Stela não podia se insurgir. Tereza era majoritária, suas decisões na área administrativa eram acatadas sem discussão, sempre fora assim. Exercia suas funções com independência, contratava e dispensava funcionários. Quando Stela queria demitir alguém, informava a Tereza, que dispensava a pessoa sem questionar as razões da sócia. A sociedade funcionava em harmonia. Stela não podia questionar a atitude de Tereza ao dispensar Joaquim, que era seu filho somente fora da fábrica. O que lhe faltava em traquejo administrativo sobrava-lhe em bom senso e temperança. Era uma mulher calejada.

Tereza perderia uma sócia. Mas Stela tinha tudo a perder se rompessem a sociedade. Até que ponto ela era importante? Não conseguia se autoavaliar. Mas sabia que não podia medir forças com Tereza. O que economizara não era suficiente para montar uma nova fábrica, por mais modesta que fosse. Seu padrão de vida se modificara: tinha um financiamento de apartamento para quitar, despesas com o carro e sua própria manutenção. Ninguém gosta de abrir mão do conforto conquistado. Se subir na vida é prazeroso, descer um degrau torna-se uma tragédia.

Finalmente, depois de duas semanas, Stela conseguiu conversar com o filho. Joaquim estava revoltado. Fora despedido sem motivo, mas decidira não reclamar. Com assistência do sindicato, recebera todos os seus direitos, e fora informado no sindicato que patrão não precisa de motivos para dispensar um funcionário, dispensa e contrata porque quer, ou precisa. Stela não acreditou em nada do que ouviu. Joaquim mentia descaradamente. Onde estaria a verdade? Decidiu perguntar a Nina. Será que ela sabia de alguma coisa? Isso não modificava o fato em nada, mas sabendo o motivo ficaria mais aliviada. Mãe não se contenta com histórias inventadas, percebe quando os filhos omitem a verdade. A demissão de Joaquim se devia a alguma coisa além de suas obrigações no trabalho. Agir corretamente não atrai punição, e seu filho não era desonesto nem irresponsável. Não era isso que tinha ensinado a ele, e tanto ela como seu falecido marido eram exemplos sadios.

Nina não quis atendê-la, mas Stela insistiu. Foi incisiva:

— Preciso de sua ajuda. Acho que posso contar com sua amizade. Ou não?

Combinaram se encontrar no fim de semana, mas para tristeza de Stela, a conversa não rendeu frutos. Nina desconhecia os motivos, ficara sabendo da demissão de Joaquim porque ela lhe contara. Não tinha intimidade com Tereza para perguntar, mas perguntaria a Yasmin, de quem Tereza era confidente. Não sabia o que fazer para ajudar, mas antes de sair prometeu que o indicaria para o laboratório onde trabalhava. Stela agradeceu. Era uma esperança. Para quem não tem nada, o pouco vira muito.

Contou para Joaquim, que fez um muxoxo:

— Não preciso da indicação de Nina. Eu mesmo vou encontrar o meu caminho.

Joaquim se fechou para o mundo. Esmorecera de vez. Frequentava a faculdade, mas empurrado pela mãe. Emagreceu, sua aparência denotava desleixo. Parecia descrente de tudo que o rodeava. Não dirigia mais o carro da mãe, antes uma obsessão.

Stela tentou ajudar, mas não encontrou eco. Apelou de novo para Nina, que foi falar com o primo, convidou-o para vir ao apartamento. Yasmin o aguardava também. Joaquim ficou mais animado, vestiu-se com apuro. Pegou o carro da mãe e chegou na hora marcada. Era aniversário de Yasmin, haviam preparado um jantar. Ele não sabia. Não comprara nada para ela, desculpou-se. Yasmin deu-lhe um beijo na face:

— Sua presença é o meu presente.

Conversaram até tarde. Joaquim não quis dormir no apartamento, a mãe precisava do carro cedo de manhã, para ir trabalhar. Saiu de lá mais bem-humorado. Dormiu pouco e foi para a faculdade.

Yasmin o indicou para uma empresa de cosméticos, onde havia uma vaga para recrutador de vendedoras externas. Era um serviço interessante, não exigia muita habilidade. Joaquim telefonou no mesmo dia, marcou uma entrevista. Foi admitido com um pequeno salário, metade do que ganhava antes, mas não se incomodou. O importante era se sentir útil, crescer com a empresa. Enquanto não se transferia para o turno da noite, propôs um horário especial. A empresa aceitou. Trabalharia todos os dias até mais tarde para compensar a parte da manhã.

Quando Stela soube que o filho voltara a trabalhar, ficou tranquila. Não contou para Tereza, que nunca comentara com ela a dispensa do filho. Contar para quê? Já acontecera, os piores momentos tinham sido superados. Joaquim não falava mais no assunto. Melhor assim. Um dia, no salão, Tereza perguntou por Joaquim. Stela respondeu:

— Ele está bem. Voltou a trabalhar.

Tereza não pareceu surpresa, mas indagou:

— Posso saber onde? Se não quiser falar, vou entender perfeitamente.

Stela respondeu com tranquilidade:

— Não há nenhum segredo, imagina! Ele está trabalhando em uma fábrica de cosméticos. Não sei muitos detalhes, mas fica na periferia, do lado oposto ao nosso. Foi Yasmin quem o indicou, um amor de moça.

O assunto não rendeu.

13.

Tereza chegou à casa de Yasmin sem avisar. Quanto o porteiro a anunciou, Yasmin ficou surpresa. Tereza não era assim, prezavam as boas maneiras. A educação manda avisar antes, dizer que está com saudades, que gostaria de conversar. Em seguida espera-se um convite.

Tereza foi direto ao assunto:

— Será que posso saber a razão de você ter arranjado emprego para o Joaquim?

Yasmin não se abalou. Conhecia bem "sua amiga Tereza" e seus rompantes. Se ela pensava que conseguiria alguma informação, estava enganada. Era a sua vez de ir à forra. Ela já tinha feito por merecer. Yasmin não se esquecera de sua viagem com Nina, achava que tinham tido um caso, fato impossível de se comprovar. Nina nunca contaria, e Tereza usaria a dúvida para tripudiar.

— Não sei do que você está falando. Pode me explicar?

Tereza revidou com grosseria:

— Não se faça de boba, o que você nunca foi. Nem de sonsa, como costuma ser.

Yasmin, demonstrando uma calma que não tinha, respondeu pausadamente:

— Minha cara amiga Tereza, estou desconhecendo esse lado da sua personalidade. Você sempre foi tão educada e comedida.

Tereza arrefeceu. Fora tocada onde mais lhe doía, fazia

questão de ser vista como uma mulher educada. Acima de tudo, se considerava uma "lady", como já ouvira de pretendentes e admiradores. Não iria colocar mais fogo naquela fervura. Yasmin demonstrava calma, mas Tereza sabia que era puro fingimento. Conformada com o fato de que, se insistisse no tom, seria convidada a sair, redimiu-se:

— Tem razão, Yasmin. Exagerei, reconheço, peço desculpas. Não vai acontecer novamente.

A conversa mudou de rumo. Tereza sabia que a boa educação de sua anfitriã era apenas um verniz. No íntimo, sentia um forte despeito de sua juventude e beleza, invejava seu viço, imaginava que sua vida amorosa fosse variada, podia escolher quem quisesse. Qualquer homem ou mulher apreciaria ser o foco de sua atenção. Para que, então, medir forças com quem era mais forte? Yasmin não tinha experiência, mas isso se adquire (tempo de sobra era mais um item que ela tinha de vantagem). Vivia por conta de papai e mamãe, enquanto Tereza tinha que trabalhar duro para manter o padrão e o conforto de que gostava.

Por fim, sem que Tereza pedisse, Yasmin contou que ficara sensibilizada com o desespero de Joaquim. Por isso, e também para agradar a Nina, o indicara para uma vaga em uma pequena indústria de cosméticos. Não lhe arranjara o emprego, tinha sido apenas uma sugestão. Era amiga do dono da fábrica. O salário era a metade do que ganhava na Stelamaris, o que amenizava sua atitude. Não tivera a intenção de afrontá-la.

— Na verdade, ajudei mais ao meu amigo do que ao Joaquim. Aliás — acrescentou — sou insignificante diante de seu prestígio social.

Tereza aceitou o elogio como um pedido de desculpas, mas com desconfiança. Yasmin era cínica e falsa, o que ficava claro pelo sorriso forçado que mantivera durante a conversa. Preferiu recuar. Era prudente manter Yasmin por perto, pois longe ela se tornaria perigosa.

O resto da tarde foi preenchido com assuntos sem importância. Não houve disse-me-disse sobre conquistas nem decepções amorosas, um assunto tabu entre as duas. Yasmin escondia seus amores e Tereza disfarçava suas conquistas. Enquanto conversavam, Tereza observava a amiga atentamente. Seguia o movimento dos lábios de Yasmin, pensando em como ela era interessante: a pele era viçosa, os cabelos estavam sempre bem cuidados e cobriam seus ombros com sensualidade. Foi despertada desse devaneio quando Yasmin parou de falar. Olharam-se intensamente. Tereza rompeu o silêncio:

— O que houve? Por que você ficou quieta de repente?

Yasmin esboçou um sorriso amistoso e foi direto ao assunto:

— Parei porque você não estava escutando. Estava me avaliando.

O comentário pegou Tereza de surpresa:

— De jeito nenhum. Eu estava te ouvindo, sim, acho que me distraí um pouco olhando o brilho do seu cabelo. Qual o nome do xampu que você está usando para dar esse brilho molhado?

Yasmin começou a rir do embaraço da amiga. Não era um riso contido, o que deixou Tereza ainda mais embaraçada. O clima foi quebrado pela entrada de Nina, que encontrara a porta da sala destrancada.

— Estou atrapalhando alguma coisa?

Yasmin se esquecera de trancar a porta depois que Tereza entrara, uma atitude coerente com seu jeito desligado. Nina não a beijou, e cumprimentou Tereza secamente. Um clima de ciúme invadiu o ambiente.

— Vou para o quarto. Estou com dor de cabeça. Tereza vai entender, não é?

Yasmin despachou a amiga e foi falar com Nina. Nunca passara por sua cabeça que Nina pudesse ter ciúme de Tereza, ela sabia que eram amigas de longa data, partilhavam os mesmos interesses sexuais. Nina não se mexeu, ignorou os apelos de Yasmin, que a tocou suavemente, tentando um diálogo. Diante da teimosia, resolveu deixá-la de lado. Que curtisse sua raiva e seu ciúme até cansar, não suportava as infantilidades da companheira. Tinha uma opinião definida sobre relacionamentos: quem está insatisfeito ou infeliz não é obrigado a prosseguir com a relação. Ela mesma, quando se sentia indesejada ou não queria mais a pessoa, não titubeava. Colocava para fora o que estava sentindo, o que a desagradava. E se refazia. A vida era muito curta para ser desperdiçada ao lado de alguém que não faz a gente feliz.

Estava ficando impaciente com Nina. Qualquer motivo, mesmo insignificante, era motivo para uma tempestade. Ficavam dias sem trocar uma palavra, sem carinhos, sem conversa. Quando resolvia desemburrar, Nina cobrava: Você não se importa com meus sentimentos, deixei de ser importante, gosto de atenção todo dia, se você não sente falta dos meus carinhos é por que não me ama como eu te amo, e por aí afora, uma cantilena insuportável. Yasmin relevava porque a relação era forte, Nina a completava de verdade.

Voltou à sala e ligou a TV. Procurou um filme, qualquer coisa a não ser novela ou programa de entrevistas. Tudo se repetia. A criatividade se limitava aos dramas e aos apelos sensuais, mas até isso já se tornara repetitivo. Os programas eram um tédio. Estaria saturada da relação com Nina e procurando uma desculpa? Desde que haviam reatado estava vivendo unicamente para ela, dedicava-lhe todos os seus momentos. Quando Nina saía, ficava chateada. Abandonara seus contatos, seus amigos e amigas, até no seu aniversário se contentara em jantar com Joaquim como único convidado. Mal sabia o que estava acontecendo na noite de Belo Horizonte. Não frequentava teatros nem ia ao cinema. Não recebia ligações, pois não ligava para ninguém. Sua vida se resumia ao relacionamento com Nina e ela ficava emburrada sem dizer por quê.

Yasmin se sentia abandonada. Precisava dar uma sacudida em sua vida, desabrochar novamente, antes que começasse a se ver como coitadinha. Não merecia isso, nem se sujeitaria a ser motivo de comiseração. O sentimento de pena a apavorava. Não gostava de sentir pena de ninguém, menos ainda de ser objeto desse sentimento. Antes de sucumbir, daria um basta na situação.

Nesses momentos, Yasmin se reconhecia: a guerreira, a libertária, teria uma conversa definitiva com sua amante. Acordara ainda a tempo de recuperar sua autoestima, o amor próprio gritava mais alto. Com essa disposição, voltou ao quarto e chamou Nina, que se ergueu, mas deitou de novo. Yasmin a sacudiu com força:

— Reaja! Não vou me condoer com suas lágrimas!

Mas acabou desistindo, e Nina continuou deitada. A campainha tocou, mas ela não queria atender ninguém. Por que o porteiro não avisou que alguém estava subindo? Uma visita indesejável, só podia ser, pensou, enquanto se dirigia para a porta. Estava disposta a despejar sua raiva em quem quer que fosse que tocava sua campainha com tanta insistência.

— Isso já é falta de educação — resmungou, enquanto destravava a fechadura. Quando se deparou com o pai amparado por sua mãe, sentiu que seu coração disparava, a vista se turvou e ela desmaiou. A mãe a acudiu aos gritos:

— Me ajude! Yasmin desmaiou de emoção! Bem que avisei para não aparecermos de surpresa.

Nina veio apressada, assustada com o barulho. Estava despenteada e seminua. Vendo o casal de estranhos, recuou. Vestiu-se depressa, e quanto voltou à sala encontrou Yasmin sobre o sofá e a mãe afagando seu rosto. O pai tentava entornar água por entre seus lábios. Lembrou-se deles e foi cumprimentá-los, sem saber o que dizer. A mãe de Yasmin estava nervosa, olhou-a com firmeza. Nina criou coragem:

— Dormi aqui para fazer companhia a Yasmin. Ela estava triste ontem à noite, me pediu que lhe fizesse companhia. O que houve? Ela desmaiou?

Yasmin já estava se recuperando. Sentou-se no sofá e abraçou a mãe, puxou o pai para perto e o beijou ternamente. Virando-se para Nina, perguntou:

— Você não se lembra deles?

Nina ficou em silêncio. Yasmin preencheu o vazio:

— Acho que vocês se lembram da Nina, já a apresentei a

vocês, aqui mesmo.

O pai forçou um sorriso e estendeu a mão para Nina:

— Prazer. Ronaldo. Esta é Lilian, minha mulher. Somos os pais da Yasmin, como você deve saber.

O ambiente continuou pesado. Nina se apressou em voltar para o quarto. Queria ficar longe da sala, sumir do apartamento. Yasmin percebeu e a seguiu:

— Não quero ficar sozinha com eles, e não adianta você se esconder. Eles já sabem.

Nina se acalmou. Yasmin voltou à sala. Ronaldo e Lilian estavam no sofá, abraçados. A conversa foi curta, mas dura e sofrida. Não aceitaram água, nem suco, nem o café que Yasmin preparou. Saíram logo em seguida. Ronaldo abraçou demoradamente a filha. Lilian a beijou e pediu-lhe que aguentasse firme. Yasmin voltou ao quarto em prantos.

14.

Joaquim fez carreira no emprego, cresceu junto com a empresa. Patrão e empregado se afinaram, em busca do mesmo ideal. Quando a empresa se tornou uma S/A, foi premiado com o cargo de diretor administrativo. As decisões eram compartilhadas, e a opinião de Joaquim era considerada. O patrão o ouvia e o respeitava.

No fim do ano, ao encerrar-se o balanço, o bônus do diretor administrativo foi generoso. Havia um projeto para expandir a indústria, estavam animados. Um *head-hunter* procurou Joaquim com uma proposta irrecusável. Ele ficou indeciso. O cargo que ocupava lhe dera *status*.

Foi conversar com a mãe. Precisava falar com alguém, queria ouvir a própria voz. Foi surpreendido pela lucidez de Stela, que já não era mais uma simples confeiteira, havia se tornado uma empresária. O filho aceitou seus conselhos e levou ao conhecimento do patrão a proposta que recebera. Tornou-se sócio, com 20% de participação. Stela acertara em cheio! Dali em diante, tornou-se a conselheira de Joaquim. O patrão sabia que ele agora tinha cacife no mercado, e a situação de sócio-gerente lhe trouxe mais responsabilidades, e mais trabalho. Podia se planejar para o futuro.

Stela deixou que a euforia de Joaquim se acomodasse e o chamou para uma nova conversa. Queria que guardasse uma parte de seus rendimentos e bônus anuais para futuros investimentos. Joaquim estendeu a conversa:

— Guardar dinheiro com que objetivo?

Stela sorriu docemente:

— Você nunca pensou em comprar a parte da Tereza e se tornar dono de seu próprio negócio?

Quanta sabedoria da mãe! Beijou-a ternamente, disse que aceitaria suas sugestões. Podia continuar sócio da empresa de cosméticos e se tornar majoritário na empresa da mãe. Não era má ideia. Sua mãe se refizera, estava forte e saudável. O que lhe faltava era uma oportunidade. Tornara-se uma mulher realizada, mas não perdera o ar doce e as maneiras suaves. Amava sua mãe mais do que imaginava. Admirava-a. Não seria ingrato com Tereza, que lhe estendera a mão em um momento crítico da vida de sua mãe, por extensão, da sua também.

No fim de semana seguinte voltaram a conversar, tinham instituído o hábito de almoçarem juntos aos domingos. Era o momento em que contavam as novidades e avaliavam o progresso de suas empresas. Stela fez alguns rodeios, mas encorajada por Joaquim, resolveu dizer o que a estava incomodando:

— Estou insatisfeita com a parte contábil e fiscal da fábrica. O contador é amigo de Tereza, fico praticamente impedida de perguntar o que quero. Tereza tomou a frente dessa parte desde o começo. Não me meto na parte administrativa e ela não se intromete na produção, nem na minha relação com os empregados. Acontece que os assuntos fiscais e os resultados dos balanços me interessam. Você não acha?

Joaquim ficou surpreso. Imaginava que a sociedade entre as duas era perfeita, que confiavam uma na outra. Disse à mãe que ela deveria se entender com a sócia antes de tomar qualquer atitude. Stela não discordou, era o que pretendia fazer. Pedira opinião para saber se de fato ela tinha direito de ser informada sobre o assunto.

Na verdade, seu problema é que a fábrica não estava mais dando dinheiro como antes. Joaquim se interessou, quis saber detalhes. Ficou intrigado quando soube que os dois últimos balanços tinham apresentado prejuízo. Stela estava estranhando, porque as vendas vinham crescendo a cada mês, estavam produzindo cada vez mais para dar conta das encomendas. Haviam contratado mais funcionários, e nos últimos meses vinham pagando hora extra na seção de massas e recheios. Então, por que o prejuízo? Ela não entendia, por isso tinha pensado em pedir ao filho que fizesse uma auditoria.

Joaquim explicou que uma auditoria era assunto sério, todos os sócios precisavam concordar. Se ela pedisse uma auditoria, seria uma declaração explícita de desconfiança. Lembrou a ela que Tereza era temperamental, ele mesmo tinha sido dispensado da fábrica sem explicação. Stela interrogou seu filho com o olhar, e Joaquim não escondeu seu desagrado por ter que falar no assunto. Então contou por que havia sido demitido, sem entrar em detalhes: Tereza tinha ciúmes de seu relacionamento com Nina.

Stela não acreditou inteiramente, mas o poupou de perguntas que iriam constrangê-lo. Amava o filho o suficiente para ficar satisfeita com a explicação. Sofrera muito na época, mas tinha sido muito bom para ele, pois o que veio a seguir tinha aumentado sua autoconfiança. Ele deveria ser grato pela aparente injustiça de que fora vítima. Eram os caminhos tortuosos do destino premiando os injustiçados. Ela acreditava em Deus e em sua infinita bondade, mas não tocava nesses assuntos de religião com ele, que já lhe dera várias demonstrações de total descrença, tornara-se ateu. Stela sofria com isso, e se apegava aos santos para que iluminassem a mente do filho. Acreditava em milagres.

Joaquim lhe dissera certa vez que ninguém havia provado a existência de Deus. Achou que o filho blasfemava, sentiu vontade de perguntar se ele já ouvira alguém afirmar ter provado que Ele não existia. Mas para quê? Para confrontá-lo? Para fazer valer sua autoridade de mãe? Rezaria dobrado por ele pelo resto da vida. Deus entenderia sua profunda preocupação e protegeria seu filho.

Finalizavam o assunto quando o telefone tocou. Stela atendeu e ficou escutando, respondendo em intervalos:

— Sim, foi muito grave? Estou entendendo... Claro, é

isso mesmo, você fez bem, ela precisava de assistência imediata, correto... De jeito nenhum, todo mundo tem direito de se arrepender, ninguém vai te reprovar. Tá bem, eu falo com Joaquim.

Quando desligou, estava chorando. Joaquim acudiu:

— O que aconteceu, mãe? — levou-a até o sofá, buscou um copo d'água com açúcar.

Ficou segurando sua mão, esperando que se acalmasse e lhe contasse o que a emocionara tanto. Stela se aprumou, respirou fundo e desabafou:

— Era sua prima, Nina. Yasmin tentou se matar, ela não sabe direito, não entendi bem o que aconteceu. Ela está muito nervosa, as duas estão no Pronto Socorro. Precisamos apoiá-la, ver o que podemos fazer.

Os dois saíram imediatamente. Enquanto Joaquim dirigia, Stela foi relatando o que ouvira. Joaquim não desviava a atenção do trânsito, mas estava atento ao que ela dizia. Nina queria voltar imediatamente para a casa deles, Stela queria saber se Joaquim concordava. Joaquim parou no sinal e olhou para ela:

— Desde quando você precisa me pedir permissão para fazer as coisas?

Stela foi enigmática:

— Depois do que você me contou pela metade tenho o direito de pensar o que eu quiser.

Encontraram Nina andando pelo corredor da clínica, sem maquiagem, os cabelos desalinhados, chorando. Abraçou os dois ao mesmo tempo:

— Me salvem, por favor. Não quero ser apontada como culpada pelo destempero de Yasmin.

Joaquim foi procurar informações. Um enfermeiro pediu que se acalmasse, perguntou se era parente. Ele confirmou:

— Sou primo.

O enfermeiro estava com pressa:

— O médico que a atendeu virá falar com a família. Não posso adiantar nada, não sei o que está acontecendo — disse, e apontou o fundo do corredor: — Lá tem uma lanchonete. Vai tomar uma água e leve-as com você, elas estão precisando.

Joaquim sabia que não adiantava insistir. Tinham que esperar o médico. Levou Stela e Nina para a lanchonete, pediram café e suco e se acomodaram numa mesa. O ambiente estava tranquilo, mas Nina parecia envergonhada com a situação. Joaquim pagou e saiu discretamente, dizendo que as esperaria no jardim em frente. Queria deixá-las à vontade. As duas se entenderiam melhor sem sua presença, ele não tinha pressa de confirmar o que já supunha: Nina e Yasmin haviam se desentendido e brigado por causa de algum namorado.

Somente no final da tarde tiveram notícias de Yasmin: havia sido medicada e por precaução estava no CTI. Não havia quarto disponível. Foram aconselhados a descansar em casa e voltar no dia seguinte. Se houvesse novidade, seriam avisados por telefone. Stela passou na secretaria da clínica e informou seu telefone na ficha de admissão, disse que era prima da moça que ficara internada. Levou Nina para seu apartamento e lhe emprestou uma camiseta. Nina se recusou a comer, só queria dormir. Stela e Joaquim não a contrariaram.

15.

Mãe e filho conversaram até tarde da noite. Stela relatou, sem entrar em detalhes, que os pais de Yasmin tinham vindo visitá-la na semana anterior e desde então ela entrara em profunda depressão. Nina achou que ela se desentendera com o pai, a relação dos dois não era boa. Não dera muita importância, achou que ia passar. Yasmin não tinha lhe contado nada. Neste fim de semana, Nina resolvera perguntar se podia ajudar em alguma coisa. Yasmin estivera arredia a semana toda, queria saber o que a incomodava. Achava que tinha direito, viviam na mesma casa. Estava constrangida com o comportamento da amiga.

Joaquim ouviu atentamente, mas achou que a história estava mal contada. Decidiu não contestar a mãe, que parecia ter acreditado, mas as coisas não se encaixavam. Ninguém tenta o suicídio (foi o que o médico dissera) sem um motivo muito forte. Até onde a conhecia, Yasmin era absolutamente de bem com a vida, alegre, bem-humorada e bem resolvida. Depressão não se instala de uma hora para outra. É um processo longo e quase sempre doloroso, que tanto pode ser genético como circunstancial, mas ele não ia dar palpite nem se passar por entendido no assunto. Calou-se, como convém nessas situações, e foi dormir. No dia seguinte voltaria à rotina. Da fábrica telefonaria para a mãe.

Stela ficou acordada até mais tarde. Estava cansada, mas preocupada com Nina. No dia seguinte, depois que Joaquim saiu, ligou para Tereza, para informá-la de que já dera instruções à encarregada de produção e só iria à fábrica na parte da tarde. Falou também com Gervásio, seu auxiliar de confiança, sobre os pedidos mais urgentes e as embalagens dos produtos. Ficou tranquila. Tereza não fez muitas perguntas, mas acrescentou que iria imediatamente ao hospital. As duas se encontrariam lá.

Stela acordou Nina no meio da manhã, insistiu para que se alimentasse e saíram. Na clínica encontraram Tereza, que já tinha conversado com Yasmin. Ela estava no quarto, fora transferida de manhã. O médico tinha dito que ficaria internada mais um dia. Se tudo corresse bem, teria alta na manhã seguinte.

Não conversaram muito dentro do quarto. Stela e Tereza foram para o corredor e se acomodaram nas poltronas na sala de espera. Nina ficou com Yasmin. Trocaram poucas palavras, apenas o suficiente para Nina saber que ela iria se alojar na casa de Tereza até se recuperar. Nina lhe contou que pegaria suas roupas e voltaria para a casa da prima. Yasmin não fez comentários. Parecia distante. Estava estranha.

Nina chegou a duvidar de que tivessem uma relação intensa e apaixonada. O punho esquerdo estava enfaixado, Yasmin estava muito pálida. Como uma pessoa podia se abater de repente daquele jeito? Perdera muito sangue, mas fora medicada quando chegara ao hospital. Depois de uma semana trancada num mutismo irritante e da discussão azeda que se seguira, Nina tinha perdido a paciência, queria saber de uma vez o que acontecera entre ela e o pai. Yasmin se trancou no banheiro por um longo tempo. Nina estava com raiva e não se importou. Somente quando viu uma água turva escorrendo por debaixo da porta é que entrou em pânico, esmurrou a porta até sentir os punhos doerem.

Pediu ajuda pelo interfone. O porteiro subiu rápido, já com uma penca de chaves na mão. Yasmin tinha desmaiado na banheira, que tinha transbordado, inundando o apartamento. O socorro não demorou, aos domingos o trânsito era tranquilo. Yasmin recebeu os primeiros socorros quando foi retirada da banheira. Envolveram-na numa manta térmica e a levaram ao atendimento de urgência. Nina pegou um táxi e seguiu para o hospital. Depois do susto e do telefonema para Stela, ficou remoendo suas culpas, dúvidas e tropeços na vida. Estava, mais uma vez, vivendo momentos de grande angústia.

O emprego público continuava uma interrogação. Havia a possibilidade de não ser chamada e o prazo de validade caducar, como já acontecera em outros concursos. Não lhe passava pela cabeça ter de entrar na justiça para brigar por seus direitos, brigar contra o Estado era uma causa perdida. As decisões negavam o direito, pois o prazo de validade constava do edital. Os candidatos sabiam do risco de serem aprovados e não tomarem posse.

Estava perdida nesses pensamentos quando foi abraçada por Stela e Joaquim, que nunca tinham lhe negado apoio. Precisava dar uma sacudida, acordar refazer sua vida. Quem faz o destino é a própria pessoa. Não havia milagre nem ajuda divina para fazer alguém progredir na vida. Por enquanto, esperaria as nuvens se dissiparem, antes de tomar outro rumo. Lembrou-se do curso de medicina que tinha interrompido por covardia... e influência de Yasmin, uma tolice que lhe parecia irremediável. O prazo de dois anos para destrancar a matrícula já tinha se esgotado, fez as contas mentalmente. Mas como trancara no fim do primeiro semestre, já cursando o segundo ano, ganhara o semestre seguinte e mais dois anos, então havia esperança de retornar. Era uma pequena luz no fim do túnel.

Manteria seu emprego no laboratório. Poderia se transferir para o turno da noite, que ninguém queria, e contar com a bem-vinda vantagem das horas extras. Morando na casa de Stela, economizaria o aluguel. Devolveria o apartamento, que alugara num rompante idiota, como um grito de liberdade. Stela estava bem de vida, dificilmente aceitaria qualquer pagamento. Nina não se perdoava pelos equívocos que cometera, por imaturidade. Já passara dos trinta anos e ainda se flagrava agindo como adolescente. Sentia vergonha, mas sempre prometia se emendar de uma vez por todas.

Ainda teria que enfrentar situações, por conta da loucura que vivera com Yasmin. Estava estranhamente receosa quanto à continuidade do relacionamento. Depois do susto e da frieza da companheira, sentia que não teria mais lugar nem na casa nem no coração da amante.

O silêncio dentro do quarto de hospital a estava exasperando. Yasmin fingia que estava dormindo. Quando Tereza e Stela voltaram, saiu e foi caminhar pelos corredores. Conferiu o relógio. Passava da hora de ir para o laboratório. Seu turno começava às duas. Apressou o passo. Antes de adentrar o quarto, ouviu a conversa animada entre Yasmin e Tereza. Stela pouco falava. Deu uma desculpa e acenou com a mão:

— Tenho que ir, Yasmin, você está bem acompanhada.

Não se aproximou para beijá-la. Stela pediu que esperasse, pois precisava ir à fábrica. Tereza disse que não se preocupassem. Quando Yasmin tivesse alta a levaria para sua casa e depois iria ao apartamento dela apanhar umas roupas. Não era aconselhável deixá-la sozinha. Fez questão de beijar Stela e agradecer. Foi até Nina e beijou-a também:

— Não se preocupe, vou cuidar dela com carinho.

Stela deixou Nina no trabalho e disse que a esperaria para jantar. Nina queria pegar suas roupas e objetos pessoais no apartamento de Yasmin, talvez demorasse um pouco. Stela disse que seu quarto estaria arrumado.

— Será sua nova casa — acrescentou, com um sorriso amistoso.

Nina tentou trabalhar, mas pouco depois foi chorar no banheiro. Este era o momento de ser forte, disse a si mesma, não era hora para fraquezas. Recompôs-se. O olhar de desprezo de Yasmin quando se despediu a magoara. Saíra humilhada. Vivia sob o manto protetor da amante, dependia do dinheiro dela, uma vergonha.

Ficou tensa durante todo o expediente. Sentia-se pequena, inútil, um trapo que se sujeitava às migalhas que recebia em troca de seus carinhos. Era detestável. Precisava provar a si mesma que era capaz de viver dignamente, longe da amante. Teria que reconquistar sua autoestima, custasse o que custasse. Não ia chorar mais. Quando seu turno terminou, foi ao RH e pediu transferência para o turno da noite. Foi mais fácil do que imaginava. Passou na casa de Yasmin e arrumou suas coisas. No dia seguinte providenciaria a entrega de seu apartamento, mas antes combinaria com Stela um preço pelo uso do quarto. Não queria morar de graça.

Stela foi compreensiva. Fizeram um trato: ela ficaria devendo o aluguel até se firmar na vida, não importava por quanto tempo. Nina protestou, disse que então continuaria no flat. Stela convenceu-a de que estaria pagando, a dívida do aluguel se acumularia a cada mês, com as devidas correções. Nina não teve argumentos para recusar.

O próximo passo, depois da entrega do apartamento seria voltar à faculdade. Ficou desanimada, teria que prestar vestibular novamente. Perdera o direito de destrancar a matrícula, mas não as matérias que havia cursado, o que já era alguma coisa. Claro, era muita coisa, entraria já no segundo ano. Se houvesse alguma adaptação, faria durante as férias.

O vestibular foi tranquilo, mais fácil do imaginara. Sua experiência anterior ajudou, a emoção e o medo do primeiro exame tinham evaporado. O medo do desconhecido, inimigo de quem enfrenta um desafio, não existia mais. Comemorou com Stela. Joaquim lhe deu de presente um estetoscópio e um aparelho de medir pressão.

Nina ficou exultante na primeira vez em que auscultou um paciente com seu próprio estetoscópio. Os pais vieram vê-la, os dois irmãos enviaram ajuda. Ela quis recusar, mas os pais disseram que eles haviam vendido uma manada de bezerros, o dinheiro era para comprar livros, ou para o que ela quisesse. Nina chorou, abraçada aos pais. Stela fez coro, mas Joaquim saiu da sala.

Por um momento, Nina esqueceu todas as angústias e medos que enfrentara nos últimos meses. Seu pai estava mais curvado, as rugas do rosto da mãe mais acentuadas. A pele escurecera mais, sentiu um cheiro forte de fumaça de fogão de lenha quando a abraçou. Um pensamento lhe cruzou a mente: Será que eles vão esperar eu me formar?

Os dois voltaram ao interior no mesmo dia. Stela insistiu para que ficassem até o dia seguinte, mas eles não aceitaram. Tinham obrigações que não repartiam com ninguém. Tirar leite todos os dias era uma delas, tinham porcos e galinhas para alimentar. Os filhos e noras tinham suas próprias obrigações, não podiam cuidar de tudo. Não tinham empregados. Os encargos sociais tinham encarecido os salários, todos tinham que ter carteira assinada. Stela entendeu. Levou-os à rodoviária e esperou que embarcassem. Nina beijou a mãe carinhosamente, enlaçando-a pela cintura. Podia sentir suas costelas proeminentes debaixo da blusa de chita. Pediu que se cuidasse. Abraçou o pai e pediu-lhe para dizer aos irmãos que seria eternamente grata. Ele embarcou primeiro. Não queria chorar na frente da filha e de Stela. Deixou sua mulher chorar pelos dois.

Nina ficou amuada o resto do sábado. No domingo não quis acompanhar Joaquim e a mãe ao restaurante para almoçar. Precisava chorar tudo o que estava guardado, livrar-se de seus fracassos e do amor de Yasmin. Quando a tempestade passasse, faria um balanço do que realmente sentia. Por enquanto, era um vazio imenso, uma dor que não conseguia mensurar.

Uma faísca de ódio atravessou sua mente. Estava chorando por causa do abandono ou não era dor esse sentimento que oprimia seu peito? Seria amor? Ou ódio também faz sofrer? Nunca odiaria a mulher que lhe proporcionara as delícias do sexo sem limites. Lavou o rosto em água fria, foi até a janela e olhou a rua deserta. Um vento frio a fez se retrair e buscar abrigo debaixo das cobertas. Estaria com febre, ou o frio era reflexo de sua tristeza?

Planejou os próximos passos: iria visitar Yasmin na casa de Tereza, queria lhe dar um sorriso de amor. Se Tereza as deixasse sozinhas, a beijaria com paixão, diria em seu ouvido que nada havia mudado, que a desejava como antes, faria tudo para fazê-la feliz. Queria saber o que tinha acontecido, o que houvera com os pais dela, por que ficara tão deprimida. Tinha o direito de saber, era sua amiga, a única pessoa que queria para ela todas as boas coisas da vida, sem exigir nada em retribuição, exceto o seu amor. Yasmin a puxaria para a cama e a beijaria até sufoca-la.

Acordou suada. Chovia muito. Fechou a janela e voltou para a cama.

16.

Yasmin não fez cerimônia, se acomodou na casa de Tereza. Estava passando por um momento ruim. Entre lágrimas, contou para Tereza o que acontecera. A amiga ouviu e não fez comentários. Conhecia a vida e suas armadilhas, às quais todos estão expostos. Ao contrário de Nina e Stela, não demonstrou solidariedade, nem passou a mão na cabeça dela:

— Levante a cabeça, você sairá dessa mais forte. Está doendo muito porque sua vida fútil e irresponsável desabou — e não fez mais comentários, achou que fora dura o suficiente.

Censurar não era seu estilo, exceto quando lhe pisavam os calos. Yasmin precisava ouvir a verdade, para encarar a realidade. Não a culpava inteiramente, mas aos pais, que a protegiam em demasia. Pai e mãe acreditam que amar seus filhos é fazer suas vontades e consolá-los quando fracassam, um erro recorrente, difícil de ser reparado. Amar os filhos é ensinar-lhes a viver. O mundo é cruel, não poupa os despreparados. Mas não era hora de despejar mais culpas sobre Yasmin. Tereza esperava que ela acordasse de seu doce sonho de independência, que não fizera esforço para conquistar. Ficara abalada com a notícia de que o pai estava com câncer no fígado, seu prognóstico era de apenas três meses de vida.

Será que o desespero de Yasmin se devia à doença do pai ou ao fato de que perderia a mordomia? Não poderiam mais mantê-la na capital, os gastos com remédios, que o plano de saúde não custeava, estavam consumindo as economias do casal.

Ela teria que voltar e ajudar a cuidar do pai, e isso para ela era uma tragédia. Não teve forças para suportar.

Tereza, sutilmente, a incentivava a falar. Queria saber mais. Estava muito curiosa. Há muito tempo cultivava forte antipatia pela autossuficiência da amiga. Ao tê-la agora sob sua guarda, desprotegida e carente, sorria intimamente, saboreando sua vitória sobre a caprichosa Yasmin. Iria submetê-la, humilhá-la.

Yasmin não voltaria para a cidade de interior que detestava, não se submeteria à carência de recursos imposta pela doença do pai. Deixar seu apartamento decorado, desmontar sua cama, vender sua aparelhagem de som, a TV moderna, abrir mão de roupas e sapatos caros não estava nos seus planos, avaliava Tereza, certa de que não se enganava. Yasmin estava em suas mãos. Não iria querer deixar seu pedestal. Seria seu capacho, em troca de conforto e um pouco de emoção. Yasmin lhe agradava como mulher, mas não conseguira conquistá-la. Tinha a beleza e o frescor da juventude, sem o ônus da preocupação de sobreviver. Tereza a invejava, mas sem remorso. Cuidaria dela com carinho, lhe ofereceria guarida, e todas as regalias que pudesse imaginar.

Sua aproximação se daria aos poucos. Tereza tinha experiência de sobra, não iria assustar sua presa. A autossuficiente Yasmin não passava de uma iniciante, um bebê inocente que ela cativaria com gentilezas. Dar-lhe-ia corda até que ela se enredasse. Estava fragilizada, certamente continuaria assim por muito tempo. Por enquanto, teria que ter paciência com seus lamentos. Quando retirasse as ataduras, entraria em pânico por causa das cicatrizes. O médico tinha dito que ela fizera vários cortes profundos, até o meio do antebraço. As cicatrizes seriam difíceis de disfarçar, e a região não aceitava cirurgia reparadora.

Tereza estava preparada para a gritaria que teria que escutar. Mas Yasmin voltaria a sorrir, mesmo com o pai doente. Depois do impacto inicial, já demonstrava não se importar tanto. Não podia mudar nada, sua presença em casa não ajudaria. Acreditava amar o pai, mas sua prolongada ausência enfraquecera o vínculo entre eles. Quando se referia a "eles", seus pais, era como se falasse de conhecidos, sem amor, sem ternura. Tereza se convenceu, em suas frequentes conversas, de que a convivência criava um amor mais forte do que vínculos de sangue.

Stela veio vê-la uma noite, após fechar a fábrica. Yasmin pediu notícias de Joaquim, mas não tocou no nome de Nina. Stela lhe disse que Nina estava preocupada, e gostaria de vê-la. Foi como se perguntasse se teria permissão. Tereza se adiantou:

— Mas que bobagem da Nina. Ela será bem-vinda. Diga-lhe que venha nos ver, estou com saudades dela e Yasmin também — disse, e virou-se para a amiga recostada no sofá: — Não é, Yasmin?

Yasmin não respondeu. Esboçou um sorriso tímido, como se pedisse desculpas por discordar. Stela entendeu que a ideia a desagradava, e Tereza mudou o rumo da conversa, perguntou sobre a produção e coisas corriqueiras entre sócias. O papo engrenou. Falaram de comércio, vendas, modificações na estrutura comercial e aquisição de novas máquinas. Stela aproveitou o momento e perguntou sobre os balanços de fim de ano, perguntou pelo contador, a quem conhecia apenas de nome. Tereza perguntou se havia alguma coisa que ela não tinha entendido. Stela foi direta:

— Gostaria muito que meu filho analisasse os últimos balanços, se você não se importar.

Tereza rebateu:

— Se você acha conveniente, não tenho nada contra. Vou providenciar, levo-os comigo na próxima vez que for à fábrica.

Stela apenas acenou com a cabeça. Aguardaria. Despediu-se em seguida. Beijou Yasmin carinhosamente, pediu que telefonasse quando tivesse vontade de sair.

— Eu mesma virei buscá-la para passear.

Tereza acompanhou a sócia até o elevador e lhe perguntou o que a preocupava nos balanços. Stela não se alterou:

— Nada em especial, a não ser os prejuízos, por três anos seguidos.

Tereza não pareceu satisfeita:

— Isto está me soando como desconfiança.

Stela deixou a porta do elevador se fechar, não estava com tanta pressa:

— Desconfiança, sim, do contador. De você, não, seria um absurdo — deu-lhe outro beijo e chamou novamente o elevador.

Não trocaram mais palavra sobre o assunto. Ouviu-se um chocho "Até mais...", a porta do elevador se fechou e Tereza trancou a porta. Uma ruga de preocupação vincou sua testa. Voltou a conversar com Yasmin depois de ir à cozinha para pegar um copo d'água. Queria se recuperar.

Yasmin era boa observadora, de certo notara o tom de Stela quando pediu os balanços. Não queria envolver ninguém estranho à sociedade naquele assunto, mas Yasmin, ao contrário do que Tereza imaginara, nada comentou. Será que não prestara atenção ou estava sendo discreta? Enfim, o importante é que ficara calada. Yasmin ficou o resto da noite sem falar muito. Quando se recolheram, Tereza não se conteve:

— Por que ficou tão quieta depois que Stela foi embora? Bateu saudades da Nina?

Yasmin não respondeu, virou para o canto para dormir. Tereza ficara enciumada, não conseguia esconder seu desagrado. Já se sentia "dona" de Yasmin, não admitia que ela pensasse em Nina. Mas seria cuidadosa, nada de desastradas demonstrações de ciúme. Iria se policiar mais. Não deixaria Yasmin perceber que gostava dela, senão, ordinária e gananciosa como era, ficaria na confortável posição de mulher desejada, e era capaz de se tornar inacessível. Tereza sabia que sua inteligência e maior experiência fariam a diferença no jogo da conquista.

17.

O tempo, senhor das dores e dos males do amor, se tornou um bálsamo para a paixão de Nina. Dedicava-se aos estudos, causando admiração aos colegas e professores. Foi apelidada de "doutora sabe-tudo", o que não lhe desagradava. Já estava no final do primeiro semestre do segundo ano, onde estacionara infantilmente por cinco anos. Na verdade, considerava que só agora começara seu curso de medicina. Ficava na faculdade o dia inteiro e à noite corria para o emprego. Estava cansada.

Nos fins de semana, recuperava as forças dormindo até tarde no domingo. Almoçava e voltava a dormir, não acordava para lanchar, apesar dos apelos de Stela e de Joaquim. Emagreceu em demasia, além do que considerava seu peso ideal. Não era por falta de comida, mas pela má qualidade. Almoçava na cantina da faculdade, quase sempre um sanduíche com suco de laranja. Quando dava tempo, passava em casa antes de ir para o trabalho e se deliciava com a comida caseira.

Stela tinha treinado uma de suas funcionárias para o serviço de casa. A troca foi vantajosa para ambas: para Stela, porque ficou livre da cozinha, e para Ana, que logo virou Donana, porque folgava nos fins de semana e podia ir para casa todos os dias após o almoço, para cuidar dos três filhos, deixando o jantar da "doutora" Nina no forno, já no prato, conforme instruções de Stela. Quando não se atrasava na faculdade, Nina jantava antes do trabalho. Quando não dava tempo, ia direto, comia antes de dormir. Sabia que não era muito saudável, mas havia se preparado para enfrentar tudo isso e mais alguma coisa.

Arrependia-se dos erros do passado, sentia-se fortalecida pela desilusão. Conquistaria seu lugar na profissão, seria cirurgiã plástica, opção que fizera quando estudara anatomia e se deparara com pessoas desfiguradas por acidentes e queimaduras. Mas não faria apenas cirurgias reparadoras, embora fosse o setor que mais a atraíra em um primeiro momento; a cirurgia estética exercia sobre ela um forte apelo. Era sensível ao belo, sempre admirara a perfeição dos rostos e corpos. O equilíbrio e a suavidade das curvas femininas a fascinavam, a beleza ocupava um espaço cativo em sua vida.

Nesses momentos, se lembrava com a antiga admiração da harmonia do rosto e do corpo de Yasmin, dos seus lábios sensuais, da suave curva dos dentes quando sorria, da perfeição do nariz que, atrevido, se encaixava suavemente entre seus luminosos olhos sonhadores, brilhando de desejo, da sensualidade irrompendo no corpo todo pelos poros de sua pele aveludada. Nina balançava a cabeça para afastar a imagem da mulher que a fizera sonhar e gemer de amor. Sentira vontade de cuidar de Yasmin, mas fora afastada pelo olhar de desprezo que a amiga lhe dirigira. Não teve coragem de ir visitá-la na casa de Tereza, embora soubesse que a dona da casa não lhe faria desfeita. Tereza era uma mulher educada, já dera mostras de seu equilíbrio. Mas para que desafiar Yasmin?

Será que o amor que as unia não tinha deixado nenhuma marca? E as juras de eterno amor que haviam trocado durante sua intensa relação? Não conhecia inteiramente a mulher que a levara ao êxtase. Depois que a vira no hospital, pálida e desamparada, seu rosto insinuante raramente lhe voltava à mente. Já se perguntara por que não sentia mais tesão, a forte sensação que a acompanhava desde que se tornara mulher. Os colegas de faculdade não a provocavam mais. Conversavam normalmente, mas não se insinuavam, nem a abordavam sexualmente. Era uma companhia descartável, percebia isso nos olhares indiferentes.

Teria se tornado uma mulher fria? Era doloroso acreditar nisso. Tinha se reprimido, tornara-se uma mulher sem interesse em sexo. Será que os eunucos do sultão se sentiam atraídos pelas concubinas? Nina não se considerava "castrada", pois se excitava ao lembrar a provocante Yasmin. Quando Stela contou que ela perguntava apenas por Joaquim, pensou que o grande amor de sua vida a tinha esquecido.

Será que Yasmin não tinha sentimentos? Teria seu amor se transformado em ódio? A vida desregrada que levava naufragara de repente. Nina também desfrutara dos privilégios, por generosidade e imposição de Yasmin. Sentia vergonha dos presentes e mimos sem limites, mas claro que gostava daquilo. Que mulher não gosta de ser adulada? Todo mundo gosta de receber presentes. Os homens até reclamam de presentes de mulher, que acham inúteis e de gosto duvidoso, mas no íntimo se sentem mais amados.

Nina refletira longamente sobre o fim de sua relação com Yasmin. Procurava entender. Yasmin não culpara o pai por ter ficado doente, mas transferira a culpa para ela, que estava próxima. A mente busca culpados para frustrações pessoais. É mais fácil, mascaram a decepção. Como culpar pai e mãe por decepcionarem seus filhos? Yasmin não compreendera isso, preferira transferir para Nina a culpa por todas as suas aflições.

Nina soube depois, por Stela, que o pai de Yasmin falecera há três meses. Tereza a tinha acompanhado à cidade onde os pais moravam. Yasmin, já recuperada, chorou quando o caixão baixou à sepultura. Recebeu os sentimentos dos colegas do pai, dos amigos e vizinhos e recolheu-se com a mãe. Tereza participou de tudo com sua discrição habitual, e uma cuidadosa observância de comportamento em público. Foi apresentada à mãe e aos amigos mais íntimos como colega de trabalho de Yasmin. Não deu detalhes, mas deixou escapar, nas entrelinhas, que era empresária no ramo de alimentos, e Yasmin ocupava posição destacada em seus negócios. Diante de sua segurança e seriedade, ninguém duvidou. Tereza ficou hospedada no melhor hotel da cidade, e no dia seguinte ao enterro foi se despedir da viúva. Yasmin estava de malas prontas, para desalento da mãe. Nina ouviu o relato de Stela em silêncio. Perguntou apenas se Yasmin estava bem. Ficou satisfeita com o que ouviu:

— Acho que sim, pois quando a vi, estava feliz e sorria muito.

Yasmin tinha acompanhado Tereza à fábrica quando veio trazer os balanços e outros documentos que Stela pedira. Nina não comentou mais nada e se recolheu ao quarto. No dia seguinte teria prova na faculdade. Precisava cuidar da vida, os exames finais se aproximavam. Teria pela frente dois longos anos, depois mais outro tanto de residência clínica. Não podia esmorecer, mas estava exausta.

Na manhã seguinte, Nina não se levantou. Stela esperou até as oito horas, quando saía para a fábrica. Foi ao quarto e se deparou com Nina prostrada, ainda de camisola. Chamou-a repetidas vezes. Vestiu-a e a levou ao hospital mais próximo.

Nina tivera uma queda de pressão. Suspeitaram de depressão nervosa, foi o diagnóstico inicial. Ficaria em observação o resto do dia. Stela ligou para Joaquim e depois para Tereza. No dia seguinte, Nina já apresentava melhoras, e foi para casa com a recomendação de repouso por três dias. Quando os médicos souberam que a paciente era acadêmica de medicina, redobraram os cuidados. A vida na casa de Stela voltou à normalidade.

18.

Joaquim quis saber pormenores do acidente com Yasmin. Stela não acrescentou muita coisa, exceto que a vira na casa de Tereza e aparentemente ela não inspirava nenhum cuidado. Quando a mãe lhe entregou a pasta com os documentos da contabilidade, folheou tudo, conferiu se os balanços dos três últimos anos estavam completos e disse que demoraria uma semana para analisá--los. Stela disse que havia prazo para devolver.

Quando soube do falecimento do pai de Yasmin, Joaquim perguntou à mãe se ela já voltara para o apartamento. Stela contou que ela estava morando na casa de Tereza, desocupara o apartamento porque não podia mais mantê-lo. Joaquim não escondeu sua contrariedade. Quis prolongar o assunto com Nina, que se desculpou educadamente:

— Estou toda atrapalhada para colocar em dia meus trabalhos de faculdade. Será que podemos falar disso outra hora?

Joaquim aquiesceu, mas de má vontade. As duas perceberam seu desagrado. Nina sentiu vontade de lhe contar toda a verdade, mas receou causar uma decepção muito grande ao primo, por quem tinha um carinho sem medidas. Ele continuava puro como o conhecera. Custava a acreditar que um homem com suas responsabilidades não tivesse nenhuma maldade. E pensar que um dia fora sua mulher... Quanta tolice dos dois.

Não pensou mais no assunto. Quando reunisse coragem, contaria tudo. Sentiu-se mal por ter se esquivado de Joaquim, que insistiu com a mãe para saber mais sobre Yasmin. Estava acabrunhado. Stela percebeu que o filho queria atenção. Chamou-o ao seu quarto, seria uma conversa íntima entre mãe e filho, um diálogo difícil. Estava disposta a tocar em assuntos proibidos, aqueles que somente um pai se atreve a mencionar para um filho homem. A conversa se impunha. Stela respirou fundo:

— Joaquim, é constrangedor perguntar a um filho se ele está apaixonado por alguma mulher, se está escondendo esse sentimento por vergonha ou qualquer outra razão. Será que você se importa de conversarmos como dois amigos? Você consegue me ver como confidente, um amigo de inteira confiança?

Joaquim esboçou um sorriso nervoso, que a desencorajou. Os dois ficaram calados por alguns minutos. Joaquim rompeu o silêncio:

— Não estou escondendo nada de importante, mãe. Gostaria de desabafar, sim, mas não consigo, é impossível. Confio em você, mais do que em qualquer outra pessoa, mas contar-lhe meus fracassos amorosos será custoso. Nem os sucessos eu nunca te contei.

Stela olhou-o demoradamente. Joaquim não conseguira crescer, seu filho continuava um menino. Fazer o quê? Esperar que a vida lhe ensinasse de maneira suave. Mas não desistira ainda:

— Não posso contrariá-lo, Joaquim, mas tenho uma confidência para lhe fazer. Não entenda que estou lhe pedindo autorização, pois já decidi. Na verdade, vou lhe contar o que resolvi, sem ouvir ou pedir conselhos a ninguém. Espero ter sua compreensão e apoio. Isso seria muito bom.

Joaquim ouviu atentamente o que a mãe escondia há bastante tempo. Ela estava namorando, e estava feliz. Brevemente haveria na casa uma pessoa a mais, que dormiria com ela em sua cama. Joaquim se interessou mais, mas refreou a vontade de perguntar quem era, deixou que Stela escolhesse o momento certo para contar quem era o homem que tomara o lugar de seu pai. Sentiu uma ponta de ciúmes, mas disfarçou. Era ciúme de filho, um cuidado com o futuro da mãe. Sabia que era melhor para ela ter um companheiro do que se aventurar em encontros às escondidas. Conhecia a mãe, mas desconhecia a mulher que se escondia atrás de sua obstinada discrição.

Aguentou firme. Quando ouviu o nome do namorado, relaxou. Gostava dele, embora achasse que Stela poderia ter sido mais exigente. Gervásio era um homem simpático, tinham ficado amigos. Quis saber mais:

— E faz quanto tempo que estão namorando?

Stela sorriu pela primeira vez naquela noite:

— Ora, Joaquim! Que importância tem isso? Há quanto tempo estamos juntos não importa senão a mim e a ele. Ficamos amigos, e daí nasceu um amor sereno, bom e iluminado. Ele é um ótimo companheiro, alegre e atencioso. E o melhor de tudo, faz todas as minhas vontades. Antes que você me questione, e diga que ele é pobre e depende do emprego na fábrica, deixo claro de uma vez por todas, para você e quem te perguntar: isso é assunto nosso. Há pouco tempo nós éramos pobres também, mais do que ele. E eu digo pobres, porque não possuíamos dinheiro nem educação, o que ele tem. É culto, lê muito, toca violão e piano divinamente. Já viajou para países que ainda sonho conhecer. Teve dinheiro, mas perdeu tudo. Agora vive da aposentadoria e do salário como motorista particular. Além do mais, dança como nunca. Todos os meus sonhos de mulher ele realiza. Sem acrescentar nem tirar nada.

Joaquim percebeu que a confidência da mãe tinha terminado. Levantou-se e deu-lhe um beijo carinhoso no rosto. Acariciou-a na face:

— Quero que continue feliz. Você merece, e no que depender de mim, Gervásio será muito feliz aqui. Quando é que ele se muda?

O filho ainda não fechara a porta e Stela já enxugava as generosas lágrimas que inundavam seu rosto, agora luminoso e cheio de esperanças no futuro. O pranto que brota da expectativa de um desejo pode ser muito forte. Chorava aliviada, porque o filho a tinha entendido. Estava leve. Deixou que fluíssem as lágrimas do desconforto de ocultar, por tanto tempo, um relacionamento que preenchera o vazio de sua viuvez. Sofrera para contar ao filho que encontrara um novo amor, tinha receio de que ele não entendesse que tinha direito de ser feliz, de usufruir os frutos de seu trabalho, de amar e ser amada. Filho vê a mãe como um ser assexuado, não admite que se deite com outro macho senão seu pai, nem que beije, receba carícias, tenha gozo de mulher. Adentrar a cabeça de filho homem é impossível, e mais ainda acreditar que haja tanta fantasia e fuga da realidade. Enfim, Stela suspirou, vencera uma batalha da qual esperara sair derrotada.

Avançara muito. Mas gostaria de ter uma pista do que tanto incomodava Joaquim na relação entre Yasmin e Tereza. Era evidente que houvera intimidade entre Tereza e seu filho, embora Gervásio se recusasse a comentar o assunto. Nunca soubera de nada, não ouvira de um lado, nem do outro, qualquer pista sobre o que ela queria saber. De Tereza fora apenas empregado, um faz-tudo, e por pouco tempo, confirmara Gervásio. Nunca tinha conversado com Joaquim sobre assuntos íntimos, não havia tempo para isso. Tinham obrigações que preenchiam o horário útil, e até sobravam para o dia seguinte.

Stella não se convenceu, mas como pressionar Gervásio? Ele estava sendo elegante com o amigo, mesmo contrariando a mulher que amava. Restava-lhe Nina, mas depois do episódio da semana anterior e do susto que levaram, não tinha coragem de perguntar. Haveria um momento certo. Estava mais atenta à vida de Nina, especialmente ao pouco tempo que ela dedicava ao descanso e ao lazer. Sua magreza estava incomodando, mas Nina era muito discreta com relação à sua vida pessoal. Como o assunto agora lhe dizia respeito, pois a acudira e a levara ao hospital, Stela queria saber. Por enquanto a observava, respeitava o seu silêncio, mas se continuasse emagrecendo iria chamá-la para uma conversa séria.

Nina não tinha nenhuma despesa. Stela não aceitara pagamento, nem mesmo simbólico. Isso era bom para Nina, pois soube que pais dela haviam suspendido as remessas mensais. Já desconfiava disso, mas não tivera coragem de perguntar. Admirava sua firmeza de caráter e força de vontade, mas a achava misteriosa. O período em que convivera com Yasmin era o que mais a intrigava. Por que viera à tona, de uma hora para outra, a desavença entre as duas? Era incompreensível o mutismo de Nina sobre o que acontecera. Que estranha relação havia entre elas? Claro que desconfiava de muita coisa, as novelas exploravam esses assuntos. Tudo agora era natural, a sociedade parecia anestesiada com tanta novidade, nada mais causava surpresa. Será que Nina tinha medo de se expor, ou se arrependera, não queria enfrentar o passado?

Tolice sem tamanho. Quem pode julgar o comportamento alheio hoje em dia? Ela mesma passara por momentos angustiantes quando enviuvara. As separadas e viúvas eram vistas e caçadas por homens e mulheres carentes de sexo, e isso continuou até que os movimentos feministas chegaram por aqui. Aí muita coisa foi deturpada, confundiram a proposta de liberação com libertinagem. Tudo se acomodou ao nosso jeito de país tropical, alegre e colorido. O resultado era visível, com seus excessos, retrocessos e progressos. Somente após gerações haverá uma normalidade apropriada. Os costumes dos trópicos não se modificam com as liberdades importadas de outros climas.

Perdida nessas conjecturas, Stela adormeceu. Acordou com Joaquim em seu quarto pedindo ajuda para ver Nina no quarto.

19.

Tereza chegou ao hospital antes de Stela e Joaquim. Nina tinha vindo de ambulância e estava sendo atendida na emergência. Joaquim explicava a Tereza o que acontecera quando Gervásio chegou. O constrangimento do recém-chegado se acalmou quando Stela o abraçou carinhosamente. Tereza continuou imperturbável, como se já soubesse de tudo. Joaquim puxou o braço de Gervásio quando ele lhe estendeu a mão:

— Dê cá um abraço, amigo velho. Você anda sumido. Já sei da novidade.

Stela enxugou algumas lágrimas. Tereza cumprimentou Gervásio sem estender-lhe a mão, não era assunto que merecesse sua atenção. O gesto amistoso de Joaquim não modificou sua indiferença, retomou a conversa com ele no ponto em que havia interrompido.

Gervásio ficou ao lado de Stela. Segurava-lhe a mão e conversavam baixo. Tereza e Joaquim se afastaram em direção ao pátio do hospital. Para ele, era uma oportunidade de conversar com a mulher que lhe dera sexo e atenção, mas o escorraçara do emprego sem explicações. Não tocaria no assunto do trabalho. O choque de ter sido dispensado tinha doído, mas, indiretamente, dera impulso à sua vida. Ele só se mexeu depois da frustração que o desamparo lhe causou, tinha muito a agradecer. Fez rodeios, mas deixou a pergunta escapar com naturalidade:

— Yasmin está bem?

Tereza estava com vontade de conversar naquela manhã de frio ameno, que descia com a brisa da Serra do Curral:

— Levei-a para morar na minha casa. Era o mínimo que podia fazer, diante do que aconteceu e da morte do pai dela. Estar no auge da juventude e de repente despencar ladeira abaixo, sem nenhum amparo, é motivo de desespero. Acompanhei-a ao funeral. A doença destruiu o patrimônio do casal, não podiam mais manter a filha. O padrão de conforto a que estava habituada era alto. Não a culpo, mais sim aos pais, que a criaram num mundo de fantasia. A viúva ficou endividada. Perderam a casa, que estava financiada. A doença comeu tudo o que tinham construído, ela está às voltas com bancos, financeiras, agiotas. A reconstrução da vida dela levará anos.

Tereza parecia ansiosa por explicar por que acolhera Yasmin. Será que generosidade em excesso cheirava a interesse oculto? Tereza não aceitaria jamais que houvesse qualquer dúvida sobre seu total desinteresse com relação a Yasmin, nem gratidão ela esperava. Socorrera a amiga, só isso. Emendou a conversa para dizer ao ex-funcionário que não esperava agradecimento dele nem de Stela pelo que fizera por eles, e ainda fazia:

— Sou uma pessoa totalmente desprendida de coisas materiais — acrescentou.

Joaquim, que a ouvira com certa impaciência, a interrompeu antes que ela continuasse:

— Como não guarda mágoa de mim, gostaria de saber, posso visitar Yasmin?

Tereza deu um passo à frente e abraçou Joaquim ternamente:

— Claro que pode, e deve ir logo, pois Yasmin já perguntou por você. Quero que fiquem amigos, assim como o considero meu amigo. O passado ficou para trás, esquecido, não carece ressuscitá-lo.

Beijou-o na face carinhosamente, deu-lhe o braço e entraram no hospital à procura de Stela e Gervásio. O casal, que estava aconchegado no sofá da sala de espera, levantou ao vê-los entrar:

— Sentem-se aqui, devem estar cansados de ficar em pé.

Conversaram por alguns minutos. O dia amanhecia, o sol se insinuava pelas vidraças. Joaquim conferiu o relógio. Estava na hora de trabalhar. Precisava passar em casa para se aprontar. Gervásio iria à fábrica para que Stela pudesse aguardar notícias no hospital. Tereza pediu carona a Joaquim. Descansaria, e mais tarde voltaria para substituir Stela caso Nina continuasse internada. O corredor esvaziou, Stela se acomodou no sofá e adormeceu.

A enfermeira a acordou. A paciente estava bem, teria que aguardar uma vaga para ir para um quarto. Por enquanto permaneceria no CTI. Stela queria mais notícias, mas a enfermeira se esquivou:

— O médico já vai subir.

Stela ouviu o médico, contou que era prima de Nina, que ela morava em sua casa, era como uma filha. Os pais moravam no interior e não tinham telefone. Nina era estudante de medicina. O médico balançou a cabeça, incrédulo, e fez um comentário sucinto:

— Entendi, ela mesma se prescreveu.

Perguntou se Nina estava enfrentando algum problema familiar, se tinha namorado ou se era casada, se havia brigado com alguém. Stela respondia automaticamente, se sentindo atordoada:

— Por quê? O que aconteceu? Qual a razão de tantas perguntas?

O médico a acalmou. Disse que havia suspeita de tentativa de suicídio por ingestão de barbitúricos em excesso, mas diante do que Stela contara, afastava a hipótese. Nina tinha acesso a remédios controlados. O médico deduziu que ela tinha exagerado nos remédios para ficar alerta. Nina seria desintoxicada, e depois se submeteria a um regime alimentar rigoroso. Os resultados dos exames mostravam uma forte anemia. Tivera um colapso nervoso provocado por excesso de atividades, agravado por repouso insuficiente e provavelmente sono atrasado. O corpo não resistiu, desmoronou, tinha limites. Quando soube dos pormenores da rotina de Nina, ele entendeu que ela transgredira os limites da resistência física. Mas, como era jovem, se recuperaria sem sequelas. Tudo dependeria dela. Tomaria vitaminas, e o resto seria repouso e boa alimentação. Se houvesse novos excessos o quadro se tornaria mais grave, certamente ela voltaria a ser internada. Precisaria de ajuda e cuidados.

Stela estava chocada com o que ouvira, mas faria tudo para ajudar Nina. Afeiçoara-se verdadeiramente à prima. Não contaria aos pais dela, já bastava o sacrifício que tinham feito para ajudá-la. No início da tarde, Tereza voltou ao hospital, e ficou horrorizada com o que Stela lhe contou. Pediu-lhe que fosse descansar, ficaria com Nina, e quando tivesse mais notícias, ligaria. Stela agradeceu e foi direto para a fábrica. Não podia se descuidar.

Gervásio providenciara tudo, não tinha com o que preocupar. Foi para casa descansar, e ao anoitecer voltou ao hospital. Nina seria transferida para um quarto. Tereza quis saber se ela tinha algum convênio ou seguro de saúde. Ficou mais tranquila quando soube que Joaquim a pusera como dependente em seu convênio, desde que ela morava com eles. Tereza estava disposta a ajudar no pagamento de toda e qualquer despesa. Stela agradeceu.

Enquanto a enfermeira preparava o quarto e o serviço de limpeza dava os últimos retoques, ficaram conversando sobre assuntos da fábrica. Nina veio de maca, mas estava bem. Estava no soro, ficaria se alimentando via venosa até o dia seguinte. Aproximaram-se do leito para observá-la. Estava muito pálida, mas lúcida. Tereza afagou seus cabelos e perguntou se estava tudo bem. Nina sorriu, e perguntou por Joaquim. Stela se aproximou mais, contou que ele é que a encontrara desmaiada.

Sem bater à porta, Yasmin entrou inesperadamente quarto adentro. Estava furiosa. Olhou com desdém para Nina e encarou Tereza:

— Você pretende ficar aqui cuidando dessa idiota ou vai embora comigo?

Stela ficou sem ação. Nina começou a chorar. Tereza se apressou, pegou Yasmin pelo braço, apanhou a bolsa na cadeira e foi em direção à porta. Yasmin se virou para Nina:

— Eu te odeio, espero que morra.

20.

Quando Joaquim chegou ao hospital encontrou a mãe e Nina em prantos. Nina estava inconsolável. Stela, curvada sobre o leito, beijava-lhe o rosto molhado, tentava consolá-la do choque causado pela agressividade de Yasmin. Stela, que não entendera o que se passara, amenizava a aflição e o medo da prima. Nina ficara muito pálida, tinha uma expressão angustiada.

Quando viu Joaquim, Stela pediu-lhe silêncio. Joaquim se acomodou na cadeira mais próxima. A enfermeira veio conferir o soro, mas quando as viu chorando, chamou o médico. Nina tomou um comprimido e dali a pouco dormiu.

— Ela vai dormir por algumas horas. O médico prescreveu um calmante, não se preocupem — explicou a enfermeira.

Stela tomou um copo d'água e contou para Joaquim o que ocorrera. Ele ficou calado, perdido em seus próprios pensamentos. O que ouvira de sua mãe não fazia sentido. Yasmin dera uma demonstração de ciúme de Tereza com Nina. Será que as mulheres eram possessivas até com suas amigas? Já ouvira muita coisa sobre ciúmes. Entre casais podiam se tornar patológicos, provocavam tragédias. Os desequilíbrios extremos, embora raros, eram vistos como exceções. Geralmente, o ciúme levava à separação e ao divórcio.

Tudo começava com pequenas desconfianças. As suspeitas de traição geravam discussões impublicáveis e acusações cruéis. Será que sua mãe estava fantasiando demais o que acontecera? Não acreditava. Ela não exagerava, era muito equilibrada, mesmo quando ele estava envolvido. Provavelmente descrevera a cena entre as duas sem exagero. Tereza ficara sem ação, uma atitude que destoava da firmeza de sua ex-patroa e amante.

Aguardaria um momento melhor para conversar com a prima. Tinha certeza de que Nina confiaria nele. Achava que merecia. Confirmaria suas suspeitas. Onde entrava Nina nessa história? Será que Yasmin era lésbica? Será que sua prima era bissexual? Afastou a pergunta, achou que era impertinente. Nina tinha sido sua mulher, sua adolescência fora embalada por beijos e sexo. Não acreditava que fora tão ingênuo a ponto de não perceber que ela fingia os orgasmos. Ela teria se denunciado, se não por distração, com alguma desculpa, mas isso nunca aconteceu. Estava sempre disposta, ávida por carinhos e penetração. Pedia-lhe que fosse agressivo, pois lhe daria mais prazer. Fazia-lhe a vontade até esmorecer de cansaço, não tinha nenhum motivo para fingir. Podia recusar quando quisesse.

Ser fria e não gostar de sexo com homem seria um absurdo! Depois dela, ele conhecera Tereza, que às vezes não lhe correspondia inteiramente, e quando recusava não lhe dava satisfação. Fora tripudiado, mas aguentara firme. Havia o emprego.

Não era mais nenhum bobo. Sua atual namorada era fogosa, diferente de sua experiência com Nina e Tereza. Sentia que a amava e era correspondido. Era diferente, concluía, ao comparar. Foi chamado à realidade pela mãe:

— Acho que estou falando sozinha.

Joaquim tentou remediar:

— Estava distraído. Esse absurdo que você me contou, não tem explicação.

Stela emendou a conversa, achou que era um bom momento:

— A propósito, será que posso saber quem é Júnia?

Joaquim não se perturbou:

— Como é que você sabe o nome dela?

Stela riu baixinho:

— Nós mulheres temos nossos segredos.

Joaquim se explicou:

— Não estou escondendo nada de você, mãe. É uma moça de quem estou gostando. Estou dando um tempo para lhe contar. O namoro é recente, ela é de família rica, o que me amedronta um pouco.

Stela rebateu no mesmo tom:

— Desde quando riqueza amedronta alguém? Acho que deve ser motivo de tranquilidade para você. Pelo menos não é uma pessoa interessada em sua posição.

Joaquim abraçou a mãe carinhosamente:

— Não me expressei bem. Do que tenho receio é que um dia, se nos casarmos, é claro, eu não possa dar a ela o padrão de vida que tem agora.

Stela queria saber mais:

— E onde você a conheceu?

Joaquim coçou a cabeça e desconversou:

— Acho muito cedo para pensar em casamento. Júnia ainda está estudando. Quando houver oportunidade eu a apresento a você —. Com isso deu o assunto por encerrado e perguntou pela saúde de Nina.

Stela contou o que o médico dissera e que Tereza queria ajudar, ela tinha agradecido, mas não precisava. Achava que Nina era responsabilidade dela. Joaquim disse que era dele também. Combinaram que pagariam as despesas, e em troca ela deixaria o emprego. Após descansar nas férias, que estavam próximas, poderia voltar à faculdade com um ritmo menos intenso. Para que não ficasse mais constrangida, não diriam que ele estava ajudando. Tudo seria ideia de Stela, um empréstimo de longo prazo. Quando se formasse, pagaria com as devidas correções. Nina iria recusar, mas Stela seria firme, faria valer sua autoridade de pessoa responsável por ela na ausência dos pais. Diante das circunstâncias, estavam certos de que Nina aceitaria.

Joaquim foi embora sozinho, pois tivera um dia atarefado. Stela esperou Nina acordar, perguntou se estava tudo bem, se precisava de companhia durante a noite. Nina disse que ficaria bem, estava tranquila. Não tocaram no assunto Yasmin.

Perguntou por Joaquim. Stela contou que tinham conversado enquanto ela dormia.

Stela foi embora antes das 10. Voltaria ao hospital somente no dia seguinte, após o almoço. Qualquer novidade, era só telefonar.

21.

Tereza conteve a raiva. Sua vontade tinha sido esbofetear Yasmin quando ela despejou seu ódio em Nina. Onde será que ela pensava que estava? Será que não respeitava nada nem ninguém? Nem a ela? Nunca permitira que ninguém lhe falasse daquele jeito. Respeitava para ser respeitada. Não quis conversar com Yasmin dentro do hospital, e controlou-se para não interpelá-la quando alcançaram a rua. Se Yasmin tinha sido capaz de adentrar o quarto de uma paciente, sem se anunciar, e aprontar aquela grosseria, era bem capaz de armar um escândalo no meio da rua.

Recusou o táxi de Yasmin, pois viera de carro. Foi para o estacionamento. Viu quando ela pagou ao motorista e a seguiu com seu passo miúdo, equilibrando-se no salto agulha que não dispensava nem para ir à padaria da esquina. Tereza já ligara o motor enquanto Yasmin se apressava para abrir a porta do carona e se ajeitar de qualquer jeito. Estava furiosa, sentia o sangue borbulhar. Sua vontade foi deixá-la ali para voltar de táxi. Mas para que piorar as coisas se já estava tudo azedo?

Foi dirigindo devagar. Era uma maneira de se acalmar. Estacionou, e subiram ao apartamento. Jogou-se na poltrona e ficou em silêncio por muito tempo. Yasmin sentou-se no sofá em frente e começou a fungar. Tereza Levantou os olhos e ficou olhando a figura desolada de Yasmin. Analisou seu rosto angelical, os lábios tremendo de emoção (ou seria medo de sua reação?), algumas lágrimas escorrendo em sua face rosada. Parecia mais um bebê pego em uma travessura do que uma mulher na plenitude. Nunca soubera a idade de Yasmin. Era mais jovem do que Nina, dois ou três anos, não tinha certeza. Nina tinha mais de trinta, logo, a chorosa menina à sua frente não era mais nenhuma criança desamparada com medo de castigo.

A mente de Tereza fervilhava, pois não sabia que atitude tomar. Não seria injusta, mas, ao mesmo tempo, não deixaria a afronta sem resposta. A agressividade de Yasmin não atingira só a ela, Stela fora agredida também. Quanto a Nina, não sabia o tamanho da mágoa causada por Yasmin. Tereza inventava desculpas inconsistentes para si mesma, pois não admitia que a amizade entre Nina e Yasmin fora íntima. Era-lhe muito cômodo e agradável acreditar que nunca tinham se entregado a beijos e abraços na intimidade, fazia bem ao seu ego exclusivista pensar que seria a primeira na vida de Yasmin.

Estava amando. A realidade emergia inteira em sua mente. Levantou-se de uma vez e foi se ajoelhar em frente à inconsolável Yasmin. Pegou-lhe as mãos, acariciou-as e as levou aos lábios para beijar. Yasmin se levantou de uma vez:

— Não me toque, enquanto não me pedir desculpas.

Tereza não acreditou no que estava ouvindo. Yasmin exigia um pedido de desculpas! E permanecia firme, de pé, esperando que Tereza cumprisse a exigência. Tereza estava sem forças para se erguer, prostrada diante da atitude impertinente. Yasmin a deixou na sala e foi para o quarto. Fechou a porta. Não queria ouvir os soluços de Tereza, que quebravam o silêncio da sala.

A noite preguiçosa entrou pelas janelas e encontrou Tereza sentada no chão, debruçada sobre a almofada do sofá. Foi despertada por Yasmin, que adentrou a sala, acendeu a luz e foi para a cozinha. Tereza se ergueu vagarosamente. O corpo obedecia à medida que as dores permitiam: era o preço da imobilidade na mesma posição. Ou seria pela angústia que se apoderara de seu corpo e mente? Foi para o banheiro e deixou o chuveiro aberto até o corpo relaxar. Não ia brigar com Yasmin, decidiu, corajosamente. O momento não era apropriado, e a idade a ensinara a ser prudente. Quando mais jovem, teria explodido e avançado sobre Yasmin. Nunca aguentara desaforos de ninguém, fosse pai, mãe ou marido. Jogou tudo para o alto e enfrentou o mundo. Quando deixou a casa onde nascera, depois do casamento fracassado, viu sua mãe chorar, mas a lembrança mais marcante era dos gritos do pai:

— Vá embora e não pense em voltar, porque não será mais aceita nesta casa enquanto eu viver.

Foi ao enterro dele para consolar a mãe e as irmãs e sumiu no mundo. Encontrou outro homem para marido. Era o que mais lhe convinha: rico, esnobe e ignorante. Suportou o sexo enquanto pode. A sensação de ser penetrada com brutalidade a marcou fundo, deixou lanhos no corpo e cicatrizes na alma, que nunca desapareceram. Quando se viu livre do tormento de um homem autoritário e vaidoso, prometeu que nunca mais se prenderia a ninguém, homem ou mulher.

Descobriu sua orientação sexual com uma colega na escola de belas-artes. Não se apaixonou porque ainda estava recente a decepção de seu desastrado casamento por interesse. Sua meta era ser livre financeiramente, o resto viria como acréscimo, mas de acordo e no compasso de sua vontade. Não se submeteria mais ao cabresto de um homem, gay ou mulher.

Guardar dinheiro e prosperar lhe granjearam simpatias, admiração e respeito. Aos poucos, foi se adaptando a uma vida sem limites nem compromissos amorosos. Custou muito, sofreu baques, enfrentou adversidades, mas obteve vitórias que amenizaram as muitas derrotas. Estava feliz. Quando desejava, tinha homem ou mulher na hora em que queria e do jeito que lhe agradava. Quando percebia que estava começando a partilhar a vida e o corpo com quem lhe dava ordens, descartava a pessoa sem remorsos, antes que se machucasse.

Yasmin fora um tropeço que surgira por muitas razões, que até agora ela não conseguia analisar friamente. Piedade já lhe ocorrera, mas era um sentimento que lhe repugnava, assemelhava-se à fraqueza de quem acudia e de quem aceitava. Dó era outro sentimento que abominava com todas as forças de sua alma. Quem é digno de dó não merece viver, pois já morreu e nenhuma ajuda modificará sua condição. Solidariedade ela não admitia que fosse, pois seria necessário que Yasmin estivesse em situação de desamparo e sofrendo pressão, o que estava longe de ser verdade. Ela soubera da doença do pai, mas não fora desamparada. Teria que voltar à sua cidade e fazer o que qualquer filha sem compromisso de estudo ou emprego faria: ajudar a mãe a cuidar do pai em um momento de dor e nenhuma expectativa positiva de futuro. Não havia interesse de sua parte, pois Yasmin nada tinha para lhe dar, nem agora nem no futuro. Enfim, as alternativas foram esmiuçadas até que nada sobrou para se agarrar. Não havia motivo mais forte nem mais fraco para justificar o fato de ter estendido a mão para Yasmin.

A obrigatória conclusão a chocou: estava apaixonada por sua protegida. Somente isso explicaria sua covardia diante de tantas afrontas. De dominadora se tornara dominada, sem ter recebido um muito obrigado, um abraço ou um beijo na face. Como mendigar o afeto de Yasmin? Teria que encontrar a resposta. De que adiantava toda a sua experiência e maturidade se estava amando e seu amor não era correspondido? Estava vivendo um momento perturbador. Yasmin riria na sua cara quando percebesse que estava à mercê de seus caprichos. Como fora tão tola? Será que sua aparente indiferença por Yasmin, seu disfarçado despeito pela beleza e sensualidade da amiga escondia um amor que não tivera coragem de encarar? Tinha sido traída por ela mesma. A mulher insubmissa se enganara, deixara-se desmoronar pela paixão que ocultava. Cantam os poetas que o coração é terra desconhecida. Tereza descobriu que era também estranha e não tinha limites, e nela se alojam amor e ódio. Na impossibilidade de se livrarem mutuamente, esses inimigos inconciliáveis se tornam cúmplices.

22.

Quando ficou sozinha, Nina foi invadida por uma tristeza profunda. Chorou mais. O que fazer de sua vida inútil? Será que os erros acumulados a acompanhariam pelo resto da vida? Não queria pensar assim, pois tinha pavor de autopiedade. Nunca seria uma coitadinha. Acontecera um fato inesperado, um mal-estar sem motivo, mas fora socorrida. Não cometera nenhuma loucura, ao contrário do que concluíram os médicos. Ultrapassara os limites físicos. Fora insensata. Sua rotina era pesada: faculdade o dia inteiro e à noite um trabalho cansativo e tedioso. Mas fazer o quê? Era enfrentar e prosseguir. Um dia sairia do sufoco. Faltava pouco. Os dois últimos anos do curso seriam de muito trabalho, mas havia os plantões e a possibilidade de ganhos extras. Muitos médicos não trabalham nos fins de semana, usam substitutos, colegas de fim de curso. Seria sua oportunidade de deixar o emprego e se dedicar exclusivamente à carreira.

A cena patética de Yasmin a desnorteara. Pesara mais ainda por causa da presença de Stela. Tereza não contava, pois conhecia sua vida amorosa. Se ainda guardava dúvida sobre seu envolvimento com Yasmin, agora tinha certeza. E Stela? Não podia inventar uma mentira, seria inconsistente, tanto para ela como para Joaquim. Ele saberia pela mãe. Mesmo que emergisse uma ideia luminosa, ela correria o risco de Tereza desmentir. Tereza não escondia que era uma mulher liberada, gostava de homem e de mulher. Preferia o sexo com parceiras, mas isso era um pormenor que omitia. A independência financeira a desinibira, não respeitava os limites da sociedade conservadora. Dizia o que pensava para quem quisesse ouvir.

As pessoas tinham o direito de decidir sobre sua sexualidade. Tereza era defensora da causa gay, entenderia com naturalidade a razão de sua discrição sobre a relação com Yasmin. Havia a família, morara na casa da prima, vira o primo crescer. O que a preocupava mais era os pais virem a saber que ela se "amigara" com uma mulher. O termo era fora de moda, mas era assim que falavam no interior. Quem não era casado era "amigado", relação avessa aos costumes da região. Uma "amigação" da filha estudante de medicina com uma mulher? Seria um escândalo! Não temia por Stela, que não comentaria sua vida privada. Será que Joaquim, um homem maduro, já evoluíra o bastante para entender? Stela com certeza não a repreenderia, mas tampouco entenderia, era uma mulher com ideias retrógradas sobre as liberdades modernas. Quando foi assediada pelo gerente da empresa onde trabalhava sentiu-se ultrajada. Era uma viúva fiel à memória do marido, havia lhe confidenciado entre lágrimas. Será que mudara sua visão de mundo ou continuava no passado? Saberia, quando lhe contasse sobre o romance com Yasmin. Desaprovaria, mas não pediria que saísse de sua casa. E Joaquim? Qual seria a reação? Ficaria decepcionado com sua omissão? Afinal, ela sabia que ele queria Yasmin. Como se desculpar agora? Deixara-o fazer papel de bobo, mas como trair Yasmin?

Falhara como amiga e como prima. Se rezar adiantasse, era o que faria para que ele entendesse sua situação. Era mulher. Fora omissa, mas não desonesta. Nunca o incentivara a assediar Yasmin, se mantivera neutra. Quando se envolveu com Yasmin, afastou-se deles. Foi prudente. Teriam que acreditar, pois fora sincera. Afastara-se para não mentir sobre sua nova vida. Suportara a relação doentia até o limite de seu amor.

Não tinha esquecido Yasmin. Seu coração batia forte quando ouvia o nome dela, a lembrança dos momentos íntimos a deixava perturbada. Tinha saudades dos seus beijos molhados, de suas mãos macias acariciando seus mamilos e do sexo com sexo, intimista, completo, em noites maravilhosas. De madrugada, saciadas, rolavam na cama, os corpos ainda enlaçados. Ficavam imóveis de cansaço. O café da manhã coroava suas noites de amor, farto de frutas e pão, acompanhados do aroma de café recém coado. Yasmin fazia cara de nojo, enquanto bebia um refrigerante cheio de bolhas de gás.

Como eram felizes! Será que felicidade é uma fase da vida de pouca duração? Momentos como esses, cheios de desejo, seriam seus companheiros por quanto tempo? Nina não queria que fugissem de sua memória, não por enquanto. Precisa revivê-los para ter a certeza de que a felicidade existe. Não acreditava que não seria feliz de novo só por ter fracassado antes. Aos solitários, resta o consolo da chama de esperança de que sim, é possível.

Yasmin tinha sido cruel, e seu amor, egoísta. Sua frieza, quando já refeita do corte nos pulsos, a fizera refletir sobre a loucura de sua vida vazia. Foi o estopim para desejar o rompimento. Quanto a Nina, depois de saber o que realmente acontecera no apartamento, decidira também dar um fim ao relacionamento. Era o mais coerente. Yasmin a deixara sem explicações por uma semana, o que a magoou profundamente. Ficara entregue aos próprios pensamentos, como já fizera antes, depois de outras brigas. Ela mesma lhe pedira para deixá-la em paz, queria silêncio. Não procurasse saber o que estava sentindo, quando se refugiasse em si mesma.

Fez a vontade dela. Depois de horas, às vezes dias, Yasmin voltava ao convívio, feliz e descontraída como se nada tivesse acontecido. Mas da última vez foi diferente. Ela agiu sorrateiramente, se trancou para cortar os pulsos. Como Nina iria adivinhar o que se passava naquela cabecinha povoada de demônios? A própria Yasmin já se referira a esses momentos como "batalhas internas com seus demônios pessoais". Quando falava sobre o acontecido, depois de ficar recolhida, achavam engraçado, gargalhavam. Por que então se preocupar com sua retirada do mundo real depois da conversa com os pais?

Nina imaginou que tivessem reprovado seu modo de

viver e por isso discutiram. Como poderia adivinhar? Fechara-se em seu quarto, por recato e respeito aos pais de Yasmin. Assuntos de pais e filhos são delicados, segredos que ficam guardados na memória, no coração e no íntimo da alma. Nina não tinha sido displicente com o bem-estar de Yasmin, não ficara indiferente ao que estava acontecendo. Estava preocupada, mas receosa de se aproximar. Já fora escorraçada anteriormente. Yasmin tinha um gênio difícil, descontrolava-se facilmente. Qualquer aproximação forçada seria motivo para uma nova briga, e ficaria emburrada por mais uma semana. Nina lhe ofereceu algo para comer, um refrigerante, fez o que pôde. Sentia-se culpada, pois a desavença entre as duas precedera a visita inesperada dos pais.

Quando descobriu que Yasmin se trancara no banheiro e viu a água escura, imaginou sangue. Ficou desesperada. Chamou socorro e fez-lhe companhia o tempo todo. Foi diligente, salvou sua vida. Não fosse por sua correta atitude de pedir ajuda, Yasmin teria morrido. Yasmin estava estranha quando a viu no hospital. Que tipo de pensamento lhe passava pela cabeça quando a olhou com tanto ódio? Nina nunca saberia a razão. As pessoas são imprevisíveis. Reações de raiva e repulsa, frustração e desalento são normais, mas passar do amor ao ódio sem nenhum motivo era incompreensível. Nina sabia que amor e ódio vicejam lado a lado e um tênue limite os separa, basta um senão para que um deles se sobressaia. Tudo depende do momento e da circunstância, são sentimentos semelhantes que convivem em frágil harmonia.

Ah! Os mistérios do ser humano e suas mentes insondáveis, seus sentimentos contraditórios. Quanta escuridão há no coração, nas profundezas misteriosas da alma de quem vive ao nosso lado, beija nossa boca, sacia nossos desejos!

Estava com medo das pessoas. Teria mais cuidado com os sentimentos e reações de quem cruzasse seu caminho. A experiência fora de grande proveito, um aprendizado para sua vida profissional. Prometeu a si mesma que não seria apenas uma curadora, mas uma médica da alma humana. Estava decidida a não sucumbir a um amor mal compreendido. Não se deixaria abater pelos sofrimentos que marcavam sua vida. Faria o impossível para contornar a situação com Stela e Joaquim, que eram verdadeiramente seus amigos. Não se esqueceria disso.

Reconfortada, se preparou para dormir.

23.

Stela não compartilhou com o filho as suas suspeitas. Contou--lhe o que ocorrera. As conclusões seriam dele. Estava certa de que Nina fora amante de Yasmin quando moravam juntas. Não entendia do assunto como gostaria. Sua vida de casada se resumira aos pequenos prazeres do sexo quando o marido queria, sua viuvez se resumira às sessões de cinema de filmes românticos. As novelas não lhe interessavam, faltava-lhe tempo para acompanhá-las todos os dias. Perdia o fio do enredo.

Quando chegava em casa cuidava dos afazeres cotidianos. Não gostava de limpar e tirar poeira, mas adorava fazer uma comida diferente, fresca, com tempero caseiro. Agradava ao filho e a si mesma. Abastecer a máquina com roupas para lavar também era prazeroso. Escolhia os produtos com cuidado, sabão líquido e amaciante com cheiro de lavanda. As roupas saíam perfumadas e macias. Quando estava disposta, passava as peças mais delicadas. As roupas pesadas iam para a lavanderia. Fora acostumada a cuidar da casa, do marido e do filho. Não achava custoso nem difícil. Mantinha a pia da cozinha limpa, os talheres brilhando e a louça seca e guardada.

Seu repouso começava na hora do noticiário, que assistia quando sobrava tempo. O chuveiro quente era seu momento de completo relaxamento. Quando ouvia o filho chegando, vinha lhe fazer companhia. Às vezes cochilava na poltrona. Sabia das novidades nas novelas pelo que as operárias comentavam. Falavam de beijos e encontros. Ela se divertia. Conheciam os artistas e os personagens, citavam seus nomes, comentavam o que vestiam e o que virava moda, ou não. Repetiam os diálogos, sabiam a quem beijavam, quem traía e quem era traído. As divergências eram acaloradas. Havia quem fosse contra e a favor das relações entre eles e eles, elas e elas. Os triângulos amorosos e as falcatruas dividiam opiniões. Acreditavam nas aventuras mirabolantes dos personagens da TV. Stela se perguntava como lhes sobrava tempo para saberem de tudo isso.

As histórias a interessavam, mas eram novelas. Dentro de casa, e com Nina, era uma experiência que nunca imaginara. Soava estranho. Não se tratava mais de admitir, os fatos falavam por si, seria absurdo negá-los. Não era letrada, não cultivara hábitos de leitura, mas era atenta ao mundo. Não viajara nem conhecia outros costumes, e Belo Horizonte ainda conservava o ranço interiorano e muitas tradições. Via casais irem à missa aos domingos e jovens conversando nas praças. Bairros antigos enfeitavam suas ruas nas festas religiosas, havia procissão. Pão de queijo era comida de todo dia, as quitandas eram encontradas nas feiras-livres. A cidade grande conservava raízes provincianas.

Stela estava desconfortável com a verdade, mas não escandalizada. Será que sua restrição moral era uma defesa? Nina optara por um caminho diferente. Quanto a Yasmin, a conhecia pouco, não a incomodava que não gostasse de homem. E Tereza? Bem, Tereza era uma mulher experimentada na vida, dona do próprio nariz. Batalhadora, já fora casada (ela lhe contara que por duas vezes), frequentavam o mesmo salão. Já a acompanhara à inauguração de uma loja que ela tinha projetado. Fora cumprimentada e cortejada, recebera elogios. Enfim, era uma senhora altiva, elegante, inteligente e respeitada. A relação societária era boa. Deixara de lado o assunto dos balanços, Joaquim ainda examinava os papéis.

Estava convencida de que a sócia era uma peça importante na relação entre Nina e Yasmin. O episódio do hospital era por ciúmes de Yasmin, por causa de Nina. Não havia envolvimento de Nina com Tereza, mas com Yasmin. Um fato a intrigava: Nina e Tereza eram grandes amigas? Por que tanto interesse de Tereza em ajudá-la? Será que vira tanta virtude em seu trabalho, ou apenas a possibilidade de ganhar dinheiro com suas habilidades culinárias?

Preferia acreditar na segunda hipótese. Mas quem, com muito dinheiro, precisava se associar a alguém que era apenas experiente e hábil na cozinha? Se guardasse receitas importantes, herdadas de parentes, seria uma explicação. Será que Nina fora amante de Tereza e depois mudara de par, indo morar com Yasmin? Stela imaginava coisas demais, criando enigmas difíceis de decifrar.

Restava ainda uma dúvida: perguntaria a Nina ou ficar calada? Se o assunto a desagradava, imaginava a Joaquim. Conversar com o filho seria constrangedor. Não tinha coragem. Ele não perguntaria, era discreto e envergonhado. Guardaria o que pensava para si mesmo.

Tudo o que estava pensando era bobagem, estava antecipando uma reação do filho. Decidiu que ficaria calada. Para que mexer em assuntos que não lhe diziam respeito?

24.

Nina ficou dois dias internada. Estava bem-disposta, insistiu com o médico para que a liberasse. No dia anterior caminhara pelo corredor e fora até a portaria para ver a rua. Quando viu o movimento dos carros e das pessoas quis voltar ao quarto, se vestir e sair escondida.

Descobriu que não era fácil. O recepcionista a avisou de que a chamavam no andar, lembrou-a, grosseiramente, que os pacientes não podiam transitar fora do andar em que estavam internados. Ficou envergonhada. Era uma acadêmica de medicina e estava se comportando contra as regras do hospital. Não se desculpava por sua idiotice. Retornou ao quarto imediatamente e se recolheu, mas não conseguia mais ficar deitada. Depois que suspenderam o soro, ficou sem lugar. Andava de um lado para o outro como se medisse o quarto, sentia-se enjaulada. A experiência lhe mostrava como os médicos podem ser insensíveis às necessidades dos internados.

Tereza não viera mais visitá-la, nem tinha telefonado. Stela vinha todos os dias ao anoitecer, trazia-lhe revistas e guloseimas da fábrica. Ela agradecia, beijava-a quando chegava e ficava triste quando ela saía. Como admirava aquela mulher simples! Sua discrição era invejável. Não abrira a boca para falar sobre o destempero de Yasmin. Há pessoas que vêm ao mundo para ensinar bom comportamento.

A vontade de perguntar por Tereza era grande, mas Nina não se atrevia. Stela não demonstrava preocupação com a ausência da sócia. Joaquim pedia desculpas pela ausência, mas esperava que fosse logo para casa, pedia à mãe para lhe dizer. Ouvia os recados que Stela trazia e ficava se perguntando se Joaquim realmente tinha se lembrado dela. Stela não inventaria. Era muito verdadeira para agir assim. Quando a via sair, Nina começava a chorar.

Estava se sentindo desamparada, esquecida e inútil. Precisava retornar à rotina: emprego, faculdade, correria. Teria que encarar Joaquim, conversar com Stela, enfrentar as consequências de seus atos. Seus erros teriam um preço a pagar. Sentia-se inundar de coragem, seria forte, não fraquejaria. Mas, por ironia ou capricho, no momento seguinte a sensação se transformava em medo e covardia. Coragem e covardia conviviam numa gangorra, no alto e embaixo, um tormento que não a deixava dormir o bastante para descansar e voltar à sua vida, que, boa ou má, era a única que tinha.

A noite anterior tinha sido cansativa. O que a confortava era saber que na manhã seguinte seria liberada. Ficou esperando o médico assinar sua alta. Não avisara Stela, que estaria ocupada na fábrica. Já a incomodara o suficiente com vindas diárias ao hospital, hoje lhe daria uma folga. Pegaria um táxi e lhe faria uma surpresa. Mas, para seu desalento, o médico perguntou pela responsável, a pessoa que a trouxera ao hospital e assinara a ficha de internação. Era maior de idade, não precisava de ninguém para assinar sua saída.

Mas havia instruções a cumprir, explicou o médico. Nina ameaçou discutir, e o médico a deixou falando sozinha.

— Isso é um absurdo — Nina vociferou, já alterada.

A enfermeira sugeriu que telefonasse para a responsável.

— Vou ser médica igual a ele um dia. Será que ele já sabe? O paciente tem direitos que todo médico tem de respeitar — Nina completou.

A enfermeira apenas sorriu. Antes de fechar a porta, deu-lhe um conselho:

— Quando você for médica vai mudar de opinião.

Nina ligou para Stela. Estava nervosa:

— Stela, desculpe incomodá-la na fábrica. O médico se recusou a me liberar se você não assinar a ficha de saída, a mesma que assinou na internação. Estou envergonhada pelo procedimento dele. Vou ser uma médica diferente.

Stela chegou ao hospital no meio da manhã. Estava feliz e animada. Abraçou Nina e a confortou:

— Isso não é motivo para ficar triste. Já assinei a ficha, dei ciência da alta. Conversei com o médico, podemos ir embora.

Ao passar pelo posto de enfermagem, Nina deixou um recado para o médico:

— Diga ao Dr. Rogério que ainda vamos nos encontrar no corredor deste hospital.

A enfermeira trocou um olhar divertido com as colegas. Estava habituada aos desabafos de pacientes contrariados pelos médicos.

Stela ainda tentava acalmá-la:

— Hospital é assim mesmo. Vamos pra casa, que é o melhor lugar do mundo.

Chegando ao apartamento, Stela acomodou Nina, deu ordens a Donana para o almoço e se desculpou:

— Estou com o dia complicado. Recebemos um pedido muito grande com entrega para daqui a dois dias. Se me atrasar, não se preocupe. Seu patrão já foi avisado de que o médico te concedeu quinze dias de licença. Depois conversaremos melhor sobre esse assunto. Não se preocupe, vou comprar seus remédios. O médico me deu recomendações que você precisa seguir para se recuperar. Vou ser uma prima exigente de agora em diante — disse Stela, que lhe deu um beijou e saiu.

Nina se recostou no sofá. Donana veio vê-la e perguntou se estava bem.

Tanto carinho mexia com sua sensibilidade. Chorou um pouco. Stela estava atarefada, mas não tinha deixado de atendê-la quando precisou. Até Donana, que conhecia há pouco tempo, quis saber sobre sua saúde, contou que estava caprichando no almoço para tirar a má impressão da comida de hospital.

Será que ela merecia tudo isso? Como a vida podia ser tão mutante? Vivera no céu e no inferno. Para ela, era como se fosse ontem o tempo que passara com Yasmin.

Depois que Yasmin adormecia, Nina se entregava às divagações, sopesava os momentos de prazer nos braços de sua amante. Quando estavam juntas na cama não pensava em nada além de sexo, entre beijos e promessas de amor eterno. Era a mulher mais feliz sobre a terra, até adormecer de cansaço.

Quando o sol batia em seu rosto e via Yasmin desfilando nua pelo quarto, esperando-a para tomar café, voltava à realidade: Quem era ela? Será que um dia seu paraíso particular desmoronaria? Agarrava-se a um emprego que nem pagava suas despesas pessoais. Não tinha amigos, não estudava, não tinha objetivos. Afastara-se dos pais, passava semanas e meses sem dar notícias. Sabia que estavam vivos porque Stela lhe contava por telefone. E seu primo, onde se metera? Joaquim não viera mais vê-la, nem como desculpa para visitar Yasmin. Ficara sabendo que estava trabalhando na fábrica de cosméticos, pois ouvira uma conversa da amante com Tereza.

Nina emergia do paraíso de suas noites de amor e mergulhava no inferno de suas incertezas. Havia o dia seguinte, e o seguinte, todos cheios de dúvidas, medos, ausência de perspectivas. No entanto, nada a despertava inteiramente do doce romance com Yasmin. Foi preciso um fato assustador para sacudi-la da indiferença mental em que mergulhara. Levara um tranco com a tentativa de suicídio, rompera com a amante. Nada de enganos, nunca mais.

Na verdade, não tinha rompido. Não teria coragem de terminar, estava apaixonada. Yasmin é que rompera com ela. Será que havia o dedo de Tereza em sua transformação repentina? Não acreditava que, de um momento para o outro, Yasmin tivesse deixado de amá-la. O amor que demonstrava não podia ser fingido. Yasmin não era uma atriz tão virtuosa assim, a ponto de mentir durante tanto tempo.

Nina não acreditava que fora ludibriada. A dúvida que a deixava sossegada era invariavelmente a mesma: O que Yasmin ganharia fingindo me amar? Eu é que usufruía de benesses. Yasmin repartia comigo tudo que recebia, desde roupas até comida, e fazia de tudo para me dar conforto. Não havia interesse material, isso era óbvio. Entre as duas, quem não tinha nada era ela. Yasmin poderia escolher outra mulher para satisfazer seus caprichos sem gastar nada.

Será que um dia ela saberia a verdade sobre a estranha mudança de Yasmin na relação de amor que juravam dedicar uma à outra? Não procuraria respostas, que só serviam para machucar seu amor incompreendido. Impunha-se voltar à realidade, estudar com afinco e realizar-se profissionalmente. Não vislumbrava um reatamento, uma miragem que se desfaria na primeira briga. Levantaria a cabeça, mostraria a Yasmin e a si mesma que se livrara da violenta doença de amor que a acometera. Por outro lado, sabia que sua paixão por Yasmin era incurável. Conviveria com a dor se quisesse prosseguir com sua vida e seus planos.

Mergulhada nesses estranhos pensamentos, Nina não ouviu Donana chamar:

— O almoço está servido, doutora Nina. Dona Stela só virá para o jantar.

Foi até a mesa e serviu-se de um pouco de tudo. Estava com fome. Repetiu a sobremesa, que adorou, uma caçarola italiana cremosa. Dormiu profundamente a tarde inteira, acordou descansada e mais animada quando ouviu na sala a voz de Joaquim. O primo a abraçou, beijou-a no rosto carinhosamente. Ficaram conversando até Stela chegar.

Após o jantar, Joaquim foi para o quarto. Stela queria conversar, mas no quarto de Nina. Estava séria, mas sua voz era terna e morna.

25.

Tereza não se refizera da discussão com Yasmin. Tinha-se deitado para colocar os pensamentos em ordem, Yasmin se aproximou e a beijou apaixonadamente. Com os lábios colados, a acariciou. Tereza correspondeu. Rolaram na cama até se saciarem mutuamente. Cansadas do amor intenso, adormeceram abraçadas.

A descoberta da paixão de Yasmin a pegara desprevenida. Esqueceu-se do que a afligia e da rebeldia incontrolável da amante, cujas grosserias inesperadas ficaram esquecidas num recanto escuro de sua mente. Ficava desconcertada com as respostas dela. As reações de Yasmin eram surpreendentes, mas desconectadas do contexto, independentes de suas intenções. Como Yasmin reagia diante dos fatos? Será que sua sensibilidade não admitia nenhum tipo de crítica, mesmo quando cabível? Yasmin vivia sobressaltada, sua mente funcionava em permanente atitude de defesa. Ou seria apenas uma reação por se sentir contrariada?

Conhecia somente uma parte da vida de Yasmin. Conhecera sua família, antes da morte do pai. Pai e mãe não eram importantes, nem haviam se interessado em saber quem ela era, o que fazia, por que era amiga de sua filha. Será que imaginavam que a filha era diferente deles, por preferir amizades femininas? Não adiantava especular. Teria que escolher as palavras para conversar com Yasmin. Os gestos e o tom de voz teriam que ser modulados, para não desencadearem a fúria da amante.

O que a intrigava era até que ponto Yasmin era confiável. Pessoas estranhas e difíceis de lidar a amedrontavam, mas Tereza estava exultante, muito feliz com seu romance. Torcia para que fosse duradouro. A incrível criatura que conhecia tão pouco a enfeitiçara, o mistério que aflorava de seu corpo e de sua voz a arrebatavam, as palavras que sussurrava enquanto se amavam soavam como melodia em seus ouvidos. Yasmin sabia seduzir, a enlouquecera na cama. Pegara sua mão e a guiara até seus macios seios empinados, inflados de desejo.

Tereza tinha acordado antes do amanhecer. Não conciliava o sono depois que o dia clareava, mas ficara quieta, temendo respirar mais forte e interromper o sono de Yasmin. O rosto perfeito, os lábios sensuais e a curva suave dos seios a fizeram se contorcer de prazer. A lembrança dos beijos trocados permanecia queimando em seus lábios. O corpo esbelto de Yasmin, a pele aveludada de seu ventre, as pernas esculpidas e os pés delicados formavam um conjunto sensual. As unhas pequenas e o forte colorido do esmalte completavam a beleza de sua nudez sobre os lençóis imaculados. Sentiu uma estranha e deliciosa sensação de poder sobre sua amante. Era a privilegiada dona de tudo aquilo. Quando quisesse, podia mergulhar o rosto nos cabelos dela e beijar com volúpia seu ventre e seu sexo. A sensação de ter uma mulher como Yasmin como inteiramente sua era um sentimento novo.

A entrega de Yasmin não deixara dúvidas sobre o prazer que sentira. Seu poder e o domínio sobre o corpo da amante eram muito fortes. Tereza faria o que ela desejasse, desde que pudesse usufruir de seu carinho, sua sensualidade, de um sexo completo. Ela seria a mulher de sua vida, sentia a paz relaxante por ter encontrado a companheira perfeita que sempre sonhara. No entanto, além de todas as preocupações que o prazer compensava, havia uma que perturbava a tranquilidade que almejava: os ciúmes de Yasmin. Tivera uma amostra do que ela era capaz quando o ciúme comandava.

Quanto ao amor e ao sentimento de posse, que era ciúme com outro nome, achava-os conflitantes. As desculpas de Yasmin a preocupavam desde a ridícula agressão no hospital.

Tereza mantinha-se atenta. Fazia tudo para garantir uma convivência harmoniosa, mas quando os ciúmes irrompiam, sentia-se insegura, vulnerável.

Ainda mergulhada em dúvidas, viu Yasmin se espreguiçar vagarosamente, esticar o corpo, abrir um doce sorriso para ela. Tereza relaxou inteiramente:

— Bom dia. Dormi bem, estou revigorada. E você? Está descansada, leve e feliz? Como está se sentindo depois de nossa primeira noite de amor?

Yasmin se apoiou nos cotovelos e beijou levemente os lábios de Tereza. A voz rouca, de quem acabava de acordar, estava doce e sensual:

— Quero que nossa vida seja sempre assim, cheia de paz e muito amor, renovados todos os dias ao acordar. E você?

Antes que Tereza pudesse responder, Yasmin se levantou e foi ao banheiro. Pisava na ponta dos pés, deslizava o corpo como se flutuasse. Tereza ficou admirada da leveza de sua amante. Não era uma mulher, era uma miragem bela e doce. Seus gestos suaves preenchiam os espaços vazios do quarto, envoltos no suave perfume que se espalhou quando ela espreguiçou novamente, abrindo os braços como se aprisionasse a paz que o raiar do dia proporciona às pessoas felizes.

Tereza estava em silêncio. Yasmin esticava o corpo preguiçosamente. Seria a certeza de que o mundo lhe pertencia? Tereza presumia que ela nunca pensava no futuro, no que iria comer no almoço, no que vestiria. Conhecia pessoas assim, que não se importavam com o dia seguinte. Sua vida fora diferente, por isso não entendia o que essas criaturas pensavam da vida. O que as fazia viver? O amor era um sentimento que lhes bastava, se tivessem sexo? Será que caminhavam pela vida e não se emocionavam com nada?

Tereza comparava seus questionamentos com a indiferença de Yasmin, que parecia feliz depois de uma noite de sexo e gozos intensos. Onde se esconderiam os sentimentos de sua jovem amante? Duvidava de que a libido saciada pudesse fazê-la feliz por muito tempo. Seria ela a mulher premiada pelo amor de Yasmin? A insegurança de Tereza tinha raízes profundas, experiências que a haviam machucado, outras em que fora feliz por algum tempo. Sua história de pequenos sucessos e grandes fracassos a havia marcado profundamente. Duvidava do súbito amor de Yasmin. Hesitava em se entregar a um romance fadado ao fracasso, não queria mais viver na corda bamba de suas emoções. Mas que outro caminho haveria, diferente daquele que o destino caprichoso colocara à sua frente?

A paixão não escolhe momento, nem permite recuar: chega, se aloja e toma conta de tudo, manipulando a razão. Esfregou os olhos e foi fazer companhia a Yasmin, que escovava os dentes com a porta aberta. Viu-a pentear os cabelos e se perfumar para ser feliz mais um dia. Para que resistir?

Abraçou Yasmin, beijou com paixão seus ombros desnudos e perfumados. Foi o início de uma manhã de gozos e juras de amor. Foram almoçar em um restaurante distante e discreto. Fizeram planos de redecorar o apartamento, refazer o recanto onde Yasmin se espreguiçava nas tardes mornas.

Tereza tinha compromissos profissionais que entediavam sua amada. Yasmin ficava em casa, ouvindo suas músicas prediletas. Não gostava de ler. Se ficasse cansada, saía para tomar sorvete, atualizava-se com as novidades expostas nas vitrines das butiques e comprava revistas de celebridades, que lia avidamente. Depois comentava com a amante, que chegava em casa exausta da labuta diária. Uma tarde, Tereza lhe trouxe um livro de presente, um romance de sucesso. Yasmin olhou a capa e perguntou:

— Pra que isso?

Tereza, distraída, respondeu:

— Ora, para você ler! Um pouco de cultura não faz mal a ninguém.

Yasmin jogou o livro em Tereza e saiu correndo para o quarto. Bateu a porta com força e se trancou. Surpresa pela súbita reação, Tereza foi atrás e ficou na porta, pedindo-lhe para abrir. Estava zangada pela primeira vez. Bateu levemente, bateu mais forte. Yasmin continuou quieta. Tereza perdeu a paciência, se descontrolou. Esmurrou a porta com força e gritou.

26.

Stela pediu a Nina que não a interrompesse. Nina ficou apreensiva. Ia levar uma descompostura. Bem merecida, admitia, diante dos últimos acontecimentos. Aguentaria firme, não tentaria explicar o inexplicável. Sentia-se covarde. Onde arranjar coragem para contar suas intimidades?

Se fosse para uma desconhecida, achava que conseguiria, pois contar segredos íntimos para uma estranha é fácil, a possibilidade de revê-la é remota. Mas para quem conhecia sua vida, ficava impossível se expor. Sabia que pedir desculpas seria educado, mas de pouca valia. Havia comportamentos e transgressões que não comportavam pedir desculpas nem perdão às pessoas próximas. O máximo que podia fazer era pedir compreensão, concordar que fora leviana e idiota e que não merecia a amizade e o carinho que recebia.

Stela lhe dera abrigo a troco de nada, pois o dinheiro que o pai mandava não dava para pagar sua comida, isso, numa época em que Stela atravessava grandes dificuldades financeiras. Mas nem por isto ouvira censura ou gesto de desagrado por parte de sua prima. Angustiada com a possibilidade de perder a amizade dela e de Joaquim, não percebeu que a prima parara de falar e a olhava fixamente. Deu-se conta de que estava alheia a tudo. Educadamente, Stela colocou a mão no braço de Nina:

— Você não estava me ouvindo! — sua voz compassada não deixou transparecer se estava perguntando ou afirmando.

Nina não podia ficar calada:

— Eu estava distraída, Stela. Fui indelicada, mas aconteceram tantas coisas desagradáveis ultimamente que lhe devo explicações.

Stela a interrompeu:

— Sobre coisas desagradáveis não quero ouvir nada. No futuro, se ainda achar que precisa desabafar, eu a ouvirei. Hoje, não. O assunto é outro! Se estivesse ouvindo você saberia...

Nina abaixou a cabeça e balbuciou:

— Desculpe, Stela, mas você tem sido boa amiga e eu não soube retribuir.

Stela prosseguiu, sem lhe dar chance de se lamentar mais. Falou de seus planos, do que pretendia, e arrematou a longa conversa com um curto comentário:

— Não quero ouvir um não.

Nina ficou atordoada com as novidades. Tivera um exemplo de amizade incondicional de como amar o próximo, mas o desprendimento de Stela não a surpreendeu. Já recebera outros favores, mas nenhum no sentido de ajudá-la até se formar, incluindo mantê-la até que fizesse a sonhada especialização e montasse o próprio consultório. Fora agraciada com um voto de confiança, coisa que muitos pais não dão aos próprios filhos. Não fizera nada para merecer, ao contrário. Mesmo assim, poderia realizar seus sonhos sem preocupações. Ficaria devendo a Stela, pois acertaram que quando pudesse, pagaria. Mas isso não invalidava o gesto de bondade e compreensão das dificuldades de uma estudante sem os recursos de uma família rica. Stela se tornara a substituta da mãe e do pai, que não podiam ir além do que já faziam. Quem tira o sustento da terra com mãos calejadas pela enxada mal sobrevive. Stela estava rica, o filho era independente. Queria investir em quem tinha vontade e potencial.

A generosidade da prima ia além do dinheiro. Estimulara sua vontade, lhe dera coragem para dar conta de sua longa empreitada. Nina não estava mais sozinha. Muitas vezes vira o horizonte como inacessível. Buscava forças no íntimo, mas sucumbia logo. Sujeitar-se a uma vida simples e medíocre se impunha, o impacto da derrota seria arrasador. Muitos desistem na fita de chegada! O esforço para vencer, a vontade de ser vitorioso pode ceder, diante do esforço do último momento. A diferença entre o vitorioso e o fracassado se rende ao detalhe: faltam-lhe forças para cumprir o que a vontade queria.

São verdades que não se explicam. As derrotas provam que o sucesso não é corolário só da vontade, vem com a união da força de vontade e perseverança: uma sem a outra conforma-se com segundos lugares.

Stela exigiu que Nina se demitisse do emprego, lembrando que seu salário era insuficiente até mesmo para pequenas despesas, ela sabia dos ganhos extras pelo trabalho noturno. Nina argumentou:

— Ajuda na alimentação fora de casa, e ainda tem 13º salário e férias remuneradas.

Mas Stela ficou brava:

— Você está se apegando a migalhas, enquanto eu, estou lhe oferecendo a realização de seu sonho. Quem pensa pequeno não alcança grandes coisas. Você ficará escrava de sua mente se continuar pensando assim. Falo por experiência. Sei que não terá mais salário, mas já pensei nisso, e vou lhe adiantar uma mesada para compensar. Não gostaria de falar mais neste assunto.

Nina quis perguntar por que a prima resolvera assumir tão grande responsabilidade, mas achou que o momento não era oportuno, nem a pergunta adequada. Poderia receber uma resposta atravessada, pois, ao contrário do que antes pensava, Stela sabia ser autoritária quando necessário. Ela devia ter lá seus motivos para querer investir na sua carreira. Não era nenhuma razão material, pois havia uma infinidade de oportunidades, rentáveis e seguras, para multiplicar suas economias. Nina estava aprendendo que a vida é impactante, e não avisa quando vai surpreender, para o bem ou para o mal. Ela se tornaria a melhor aluna da faculdade de medicina. Tinha tudo para só pensar em estudar, se aprofundar nas matérias que a fascinavam.

O estudo dos sintomas de doenças tinha despertado

profundas especulações em sua mente. Esperava ansiosa pela clínica, que enfrentaria pelos próximos dois anos. O primeiro contato com pacientes seria inesquecível. Sentir-se capaz de examinar um ser humano, ainda que monitorada por um médico, seria um acontecimento marcante. Queria ingressar no quarto ano pela expectativa dos anos seguintes de clínica intensa. Depois seria a especialização, mais dois anos de intensa prática. No dia em que, finalmente, ouvisse a doce expressão "Doutora Nina", sairia beijando todos à sua volta. Não conseguiria disfarçar sua alegria por ter conquistado o título de doutora em medicina.

Stela tinha razão: nada supera o prazer de tornar um sonho realidade. Nunca mais pensaria em coisas pequenas, sonhar grande era o caminho da realização. Não iria fracassar, brigaria pela vitória. Nunca mais teria sobre si olhares de piedade. Não seria uma coitadinha na vida, como antes se comportara, dependendo de Yasmin. Permitira-se ser humilhada e não se dera conta disso. Sufocaria o amor que ainda sentia por Yasmin e iria sobreviver. À míngua de alento, o amor se extinguiria. Sua vida seguiria o caminho que havia traçado quando deixara a roça de sua infância. Se fosse um sonho o que estava acontecendo, não queria acordar. Abriu os olhos preguiçosamente. Donana a sacudia suavemente:

— Doutora Nina, estou cumprindo ordens de dona Stela. Ela disse que a senhora precisa acordar cedo para ir ao emprego.

Eram 10h30 da manhã. Não tinha ido à faculdade, mas urgia ir ao laboratório para pedir demissão. Vestiu-se, bebeu um gole de café e saiu mastigando um pedaço de bolo.

Nunca pensou que seria constrangedor pedir demissão. O chefe a chamou à sua sala e perguntou se era por causa do salário. Ela negou. Queria saber se estava precisando de descanso, pois suas férias vencidas poderiam ser cumpridas logo, mas Nina afirmou que não era nada disso. Gostava do serviço, estava habituada ao que fazia e seria sempre grata à empresa pela oportunidade e confiança. Estava em uma nova fase da vida e precisava de tempo livre para se dedicar ao curso de medicina.

O emprego estava atrapalhando.

Assinou a carta de demissão, se despediu dos colegas e voltou ao apartamento. Chorou muito. Nunca pensou que teria essa reação ao deixar um emprego que exauria suas forças e lhe fazia mal. Estava aliviada, mas pesarosa, era difícil entender a contradição de seus sentimentos.

Descansou o resto do dia, colocou a matéria em dia e se preparou para retornar aos estudos. Precisava se acostumar à nova rotina, embora "acostumar-se" fosse mais necessário com relação às coisas desagradáveis, o que é prazeroso não demanda esforço. Viveria a nova fase em plenitude.

27.

Yasmin se assustou com a reação de Tereza. Nunca imaginou que fosse ficar irada diante de um simples capricho de amor. Ela fingira estar ofendida pela observação banal de que ler aprimorava a cultura, mas Tereza tinha encarado a observação como um tapa na cara. Sua reação tinha sido espontânea, tinha sido chamada de burra e inculta, e se aborrecera. Mas reconhecia que tinha exagerado. Estava querendo atenção, mais carinhos, que ultimamente andavam escassos. Tereza precisava desculpá--la, não tinha sido tão grave assim. Admirava sua companheira, que todos os dias lia ficção e revistas de decoração. Pelos títulos, imaginava que os livros fossem interessantes, mas nunca se interessara em folheá-los. Alguns eram de escritores conhecidos, ouvira falar deles no salão que frequentavam, nos noticiários, nas colunas literárias das revistas.

Tereza lia também escritores de que Yasmin nunca ouvira falar, não demonstrava preferência por este ou aquele gênero. Gostava de ler, era como preenchia suas horas de lazer. Será que julgava a amante incapaz de entender uma história? Yasmin nunca tinha pensado nisso, mas diante de sua reação, agora estava alerta. Por trás de sua atitude bondosa ocultava-se uma mulher capaz de se enfurecer diante de qualquer situação que a desagradasse. Tereza tinha esmurrado a porta do quarto com tanta força que ficara assustada, acabaria por arrombá-la se Yasmin não abrisse logo.

Quando ela entrou, Yasmin recuou assustada. Tereza

avançou com a mão levantada e deu-lhe um tabefe na cabeça. A pancada pegou-a desprevenida, caiu sobre o piso frio do banheiro, onde tentara se refugiar. Não tentou se levantar, temerosa de apanhar mais. Tereza estava descontrolada, falava e gesticulava sem dar a Yasmin chance de se desculpar.

Yasmin ficou imóvel, chorava baixo para não irritar mais ainda a possessa companheira. Deixou-a gritar e esbravejar até se cansar. Viu-a se jogar sobre a cama e esmurrar o travesseiro repetidas vezes, com violência. Yasmin não se aproximou. Arrastou-se devagar até a porta do quarto, cautelosamente foi até a sala. Ficou escutando os soluços da amante. Foi procurar água. Estava sedenta, e ainda muito assustada. Temia pelo pior: ser expulsa da casa e da vida de Tereza, um desastre que não teria tamanho. Voltar para o interior e sobreviver sob a autoridade da mentalidade tacanha da mãe seria a tragédia das tragédias. Urgia agir, aproximar-se de Tereza e cobri-la de beijos, pedidos de desculpas, lágrimas. Não há meio mais eficaz de derreter a raiva de uma mulher do que beijá-la e pedir desculpas. Aprendera a técnica com Nina, que a acalmava desse modo. Funcionara com ela, funcionaria com Tereza. Não havia outro caminho.

As alternativas se resumiam em estratégias duvidosas: manter-se distante ou se aproximar mansamente. Foi ao quarto e se acomodou no canto da cama. Estendeu a mão e acariciou os cabelos de Tereza. Ela não recusou o afago. Tomou coragem e beijou-a na face, secou suas lágrimas e comprimiu sua boca sobre os lábios cerrados de Tereza. Insistiu até que ela retribuiu. Achou que era o momento de sussurrar-lhe ao ouvido, "Eu te amo", duas palavras mágicas, milagrosas, que derretem o coração de qualquer mulher.

Tereza abraçou com força o corpo quente de Yasmin e fizeram amor com volúpia. Exaustas, continuaram se beijando, trocando juras de amor, entremeados por pedidos de desculpas. Yasmin se derretia em afagos, repetia que Tereza era seu único amor, que não enxergava mais ninguém, e por isso sentia ciúmes incontroláveis. Sem que Tereza perguntasse, contou que fora ao hospital porque conhecia Nina, sabia do que ela seria capaz para prejudicá-la. Tereza se aprumou na cama:

— Por que está me contando isso?

Yasmin, com voz serena, pediu-lhe que entendesse:

— Não quero que fique inimiga de Nina. Você não a conhece como eu. Tive uma experiência ruim na companhia dela. É uma manipuladora perigosa, falsa, capaz de enredar nós duas em uma situação insustentável.

Tereza estava curiosa:

— Não é essa a impressão que tenho dela. Fica difícil acreditar.

Yasmin a interrompeu com um beijo:

— Não lhe peço que se afaste dela. Acho que uma pessoa perigosa como Nina deve ser mantida por perto, para não nos surpreender. Entendo que é difícil acreditar no que estou dizendo, pois você só conhece seu lado bom e lindo.

Tereza replicou:

— Não é isso que estou falando, nem a estou defendendo, mas até hoje eu nunca soube de nada reprovável nas atitudes dela.

Yasmin se exaltou:

— Quem sabe é por que você tem uma queda por ela? Por favor, não me decepcione. Já apanhei muito da vida. Não quero sofrer mais — debruçou-se de lado e começou a chorar baixinho.

Tereza, confusa pela reação, abraçou-a e pediu que não chorasse. Puxou-a pelo braço e se levantaram juntas:

— Vamos preparar um belo lanche para afogar essas lágrimas. Nada de mágoas do passado, que só servem para envenenar o presente e embaçar nossa felicidade.

Mas Yasmin não estava satisfeita:

— Mas, você promete que vai acreditar pelo menos um pouquinho em mim? No amor que sinto por você?

Trocaram mais beijos e foram à cozinha. Yasmin abriu um refrigerante, enquanto Tereza preparava o lanche. Tereza cedera ao choro e aos pedidos de Yasmin, mas ficara com muitas dúvidas sobre quem era realmente sua linda amante. Não era mulher de se deixar convencer por nada, nem ter dúvidas sem dirimi-las. A verdade podia machucar e deixar marcas, mas feridas cicatrizavam, e as cicatrizes a lembrariam de não cometer o mesmo erro.

Assim era a natureza humana: sábia e equilibrada, com remédios para curar dores e doentes.

28.

Joaquim devolveu à mãe os documentos que levara para analisar. Conferira tudo com a ajuda do contador da empresa, mas não tinham concluído nada, não havia nenhum tipo de falha contábil. Os balanços da empresa estavam corretos. Joaquim estava intrigado, mas Stela se sentiu aliviada e confortável. Suspeitas sobre irregularidades nos balanços significavam um desastre iminente, e inimizade entre os sócios.

Um problema veio à mente de Stela: como devolveria os documentos sem dar uma explicação que não ofendesse os brios de Tereza? Pelo que ouvira, quando ela perguntou se estava desconfiada de alguma coisa, Tereza não gostara de ver os livros da empresa examinados por um ex-empregado, e filho da sócia.

Joaquim não pensava dessa forma. Para ele, era normal e natural que os sócios tivessem conhecimento da contabilidade da empresa, sempre que desejassem. Era uma atitude normal e corriqueira, explicara para a mãe. Stela cismava que não deveria ter pedido os livros e os balanços. Se fosse ela que tivesse examinado, tudo bem, mas levara os documentos para o filho. Fora um gesto de desconfiança, por mais natural e corriqueiro que fosse. Agora não havia muito o que fazer. Acomodou tudo em uma sacola e no dia seguinte levou para a fábrica. Devolveria os documentos para Tereza, mas como o filho aconselhara, não daria nenhuma explicação.

Tereza pegou a sacola sem fazer comentários, para alívio de Stela. Após uma semana, avisou a sócia de que o contador queria uma reunião. Marcaram à noite, após o expediente. O que o contador disse as surpreendeu: estava havendo um desfalque na empresa, ele percebera ao verificar o Livro Diário. O desvio vinha sendo cometido há mais de três anos. Ao fazer a revisão dos lançamentos a pedido de Tereza, conferiu as entradas e saídas de dinheiro, verificara a documentação e os extratos dos bancos onde mantinham as contas. Não havia discrepância.

Os desvios eram pequenos, mas constantes. Ao conferir os depósitos, viu que havia uma diferença. Na opinião dele, os desvios ocorriam depois que os cheques e os valores em espécie saíam do escritório. Não podia afirmar, mas quem fazia os depósitos ficava com o dinheiro e depositava somente os cheques. Não eram valores grandes. Perguntou se a fábrica recebia dinheiro vivo. As sócias confirmaram. Os pequenos comerciantes pagavam em dinheiro, e até com cheques de terceiros.

O fato é que o rombo acabou se avolumando e se refletiu nos balanços. Ele tinha desconfiado devido às irregularidades das férias diárias. A quantidade de insumos era a mesma, mas as vendas oscilavam para menos.

— A produção decresceu? — perguntou.

Stela negou. O contador afirmou:

— Então, os valores das vendas não conferem com as quantias depositadas.

Para as sócias foi o suficiente. Ficaram espantadas com a ousadia do ladrão. Agradeceram ao contador, concederam-lhe o aumento que pleiteara antes e o levaram até a porta. Voltaram à mesa e ficaram olhando uma para a outra. Tereza rompeu o silêncio:

— Quero pedir sinceras desculpas a você, Stela. Não fosse sua perspicácia, continuaríamos sendo roubadas. Quando me pediu os balanços, fiquei incomodada, mas depois pensei melhor, era um direito seu. Não havia nada de ofensivo na sua atitude. As desculpas são pessoais, da minha ignorância sobre os costumes do comércio. Espero estar desculpada.

Stela abriu um largo sorriso:

— Esqueça o assunto, não há motivo para desculpas.

Você me ajudou em um momento de desespero. Vou lhe ser grata o resto de minha vida. E esquece também o desentendimento com Joaquim, ele gosta de você.

As sócias conversaram por longo tempo, esquecidas da hora à medida que a noite avançava. Planejaram o que fazer para pegar o ladrão. Não podiam apontar ninguém, os depósitos eram realizados por mais de uma pessoa. Gervásio era o funcionário de maior confiança das duas, estava fora de cogitação, pois trabalhava na produção sob as ordens diretas de Stela. Algumas vezes fizera depósitos e sacara dinheiro para pagar os vales da quinzena, mas isso acontecera poucas vezes.

Tereza e Stela se despediram, pegaram seus carros e rumaram para suas casas. Stela dirigia distraída, sua mente fervilhava, com muitas dúvidas. Por que Gervásio ainda não se mudara para o apartamento dela? Quando tocou no assunto, deu a desculpa do contrato de locação, que estava terminando. Era melhor esperar, senão teria que pagar três meses de multa. Ela concordou, seria um gasto desnecessário. Mas já se passara muito tempo, e Gervásio continuava adiando a mudança.

Stela tinha parado de insistir. O que o impedia era o receio de que Joaquim não gostasse dele, mas depois que se encontraram no hospital não havia mais desculpas. Dependia somente da vontade dele. Como não era de ficar especulando os motivos das pessoas fazerem ou deixarem de fazer as coisas, largara de lado. Com o tumulto em sua casa por causa da internação de Nina, achara melhor evitar mais preocupações.

Entrou com a casa em silêncio, Joaquim e Nina estavam dormindo. Foi à cozinha, mas estava sem fome. A conversa com o contador fora desgastante. Descobrir que era furtada há mais de três anos, por pessoas em quem confiava, foi um baque. Mas quem seria? Será que o contador estava certo ao concluir que os furtos eram cometidos por quem fazia os depósitos? Ele estava realmente convencido. Ela já fizera depósitos, e Tereza também, mas os desfalques obedeciam a uma disciplina, nunca excediam certa quantia, por isso tinha sido difícil descobrir. O ladrão fora cuidadoso, metódico. Era inteligente também, concordaram com o contador: o sumiço de pequenos valores não chama a atenção.

Foi se deitar, estava cansada, mas demorou a conciliar o sono. Uma dúvida a incomodava. Tentava pensar em outro assunto que não fosse a fábrica, pensava no filho, em Nina. Mas a dúvida persistia, teimosa. Estava precisando chorar, o que não fazia há muito tempo. Enterrou o rosto no travesseiro e extravasou toda a sua angústia.

29.

Tereza adentrou o apartamento e avisou:

— Não quero perguntas idiotas, aliás, detesto interrogatórios. Estava na fábrica em uma reunião de negócios com minha sócia e o contador. Pronto. Tá explicado por que demorei?

Yasmin estava diante da TV e não deu importância ao desabafo de Tereza, enquanto especulava, será que ela se aborreceu com a sócia ou é teatrinho para me testar? Seja o que for, vou continuar vendo meu filme. Já lanchei, estou satisfeita, tomei meu banho repleto de sais aromáticos. Estou relaxada e quero continuar assim.

Tereza fingiu que não notou a distração da amante, mas no íntimo não admitia indiferença. Aguentou firme, tomou uma ducha demorada e foi procurar algo para comer. Estava faminta. Costumava reservar esse momento para dividir com Yasmin, mas passou pela sala como se ela não existisse.

Ficou na cozinha por longo tempo. Precisava se acalmar, tomar as rédeas de sua casa e de sua vida, ambas em completa desordem desde que abrigara a infantil, dengosa e irritante Yasmin. Não sabia onde estava com a cabeça quando se deixou envolver pelos encantos da companheira. Sempre ouvira dizer que só se conhece uma pessoa depois de comer com ela um saco de sal, mas ela não precisou de tanto tempo para descobrir que sua liberdade de ir e vir passara a ser controlada por sua amante ardente. Não negava que estava feliz com o amor que recebia, mas havia outras coisas envolvidas na relação. O que mais a incomodava era ter de dar satisfação de tudo o que fazia, dentro e fora de casa. Lutara metade da vida para se tornar independente, escolhera uma profissão que não exigia horário nem compromissos inadiáveis, exceto os que ela mesma assumia no seu próprio interesse.

Tereza admitia que sua vida sentimental fora um caos, oscilando constantemente, com altos e baixos, com prevalência dos baixos. Quando pensava que havia acertado, que iria ser feliz pelo resto da vida, que encontrara a companheira ideal, vinha uma decepção, acompanhada de ofensas e prejuízos financeiros. Virara rotina. Negar que Yasmin a completava seria mentir. Estava enfeitiçada pelo charme, beleza e sexo da garota que caíra em suas mãos por trapaças do destino. Na verdade, não fizera nenhum esforço para conquistá-la. Tudo acontecera de forma natural, embora inesperada. Fora apanhada em uma armadilha de amor, sentimento indomável que a pegara desprevenida. Não tivera tempo para analisar. Embora desejasse, não esperava isso, mas houvera um encantamento mútuo.

Que mistério era o amor! Nascia, crescia e desabrochava sem que os protagonistas se dessem conta de que estavam atrelados. Quanta tolice passa pela mente de pessoas apaixonadas... Perdem o equilíbrio da razão, a noção de ridículo, a temperança. E se esquecem, quase sempre, de pensar primeiro, depois planejar, e só então executar. Deixam-se levar aos trambolhões pelo desdobrar dos fatos. Transformam-se em ondas que se jogam na areia para refluírem arrependidas logo depois.

Sentimentos perturbadores a invadiam em momentos como este. Terminou o lanche e foi até a sala deitar-se ao lado de Yasmin. Estava carente, queria aconchego da mulher amada. Yasmin se ajeitou e a abraçou. Beijou-lhe os lábios suavemente, e ficaram em silêncio por longo tempo. O filme havia terminado. Um locutor esgoelava os índices da bolsa de valores e fazia previsões alarmantes sobre a moeda americana.

As duas bocejaram ao mesmo tempo, se levantaram e foram em direção ao quarto. Tereza foi primeiro ao banheiro e voltou logo. Queria descansar, descobrir que estava sendo furtada a deixara exausta. Quando Yasmin voltou, a encontrou dormindo serenamente. Não a acordou. Voltou ao banheiro, fechou a porta e foi escovar os cabelos.

Era o seu momento mais relaxante. Amava seus cabelos sedosos, sabia que eram o ponto alto de sua beleza, emolduravam seu rosto pequeno e realçavam seus olhos negros amendoados. Sabia que era uma mulher bonita, cuidava-se com esmero, cuidava da pele do rosto com amor e dedicação. Evitava comidas gordurosas, pois a pele ficava brilhosa quando exagerava. A natureza fora generosa com ela. Quando adolescente, não teve a infelicidade de ter espinhas nem cravos no rosto, que lavava suavemente com sabonete líquido neutro. Uma vez por semana misturava peróxido de hidrogênio a 3% com água morna. A proporção era um segredo que guardava e não fazia concessões. Quando uma amiga insistia, ficava malcriada: "Não transmito a receita a ninguém. Quem quiser arriscar que aguente as consequências". Embebia o algodão na mistura e limpava o rosto cuidadosamente. Em seguida, enxaguava com água e secava com papel toalha. Não permitia que manchas marcassem sua pele aveludada.

Yasmin cuidava da aparência com muito zelo. Olhava-se no espelho cuidadosamente, à procura de rugas precoces. A área em volta dos olhos era a que mais a preocupava por causa do sorriso, que provocava um retraimento da pele nas laterais. A testa estreita era perfeita, objeto de cuidadosa atenção. Não a contraía quando era surpreendida ou ficava preocupada. As comissuras dos cantos da boca mantinham-se intactas, pois umedecia os lábios antes de dormir. O nariz, ligeiramente arrebitado, completava seu rosto. Não era petulante, atrevido nem arrogante, mas perfeito na forma e no tamanho. Achava que as orelhas podiam ser menos pronunciadas, mas o truque de cobri-las com os cabelos amenizava o desconforto. Já perguntara a Tereza se suas orelhas eram de abano, ao que ela respondera zangada: "Só se você quiser". Nunca mais tocou no assunto.

O pescoço era liso, na medida certa, nem muito longo nem curto demais. Às vezes achava que suas coxas eram grossas em demasia, mas recebia elogios: "São sensuais e perfeitas, nunca vi mais bonitas". Já se convencera, e agora não ligava mais. Adorava seus pés delicados. Sandálias trançadas e salto agulha realçavam sua delicadeza. Yasmin atraía olhares de homens e mulheres quando usava calça justa e blusa decotada, mostrando o colo e a curva dos seios.

Enfim, nada em seu corpo a desagradava, e cuidar dele era um ritual diário a que se dedicava com ânimo renovado. Lembrava-se do despeito de Nina quando a via se admirando diante do espelho. Felizmente colocara um ponto final naquele romance, que desde que começara acumulava todos os motivos para fracassar. Nina era pobre de dinheiro e de mentalidade, mas Yasmin só se deu conta quando já estava envolvida pelos suspiros e gozos infindáveis da companheira.

Nina era insaciável. Yasmin admitia que sexo era indispensável, mas Nina exagerava, como uma menina que nunca comera doces e de repente se deparava com uma mesa colorida, repleta de guloseimas. Eram duas mulheres inúteis, sem saber de onde tirar dinheiro para sobreviver. Quando Yasmin soube que não receberia mais sua generosa mesada, entrou em pânico. Tinha uma amante que não ganhava o suficiente para cobrir nem pequenas despesas, ela é que a sustentava. Como viveriam?

A pergunta ficou martelando em sua cabeça durante uma semana. Qual seria a saída? Não se deu ao trabalho de conversar com Nina. Para quê? Provavelmente ela choraria, pois era o que sabia fazer melhor. Yasmin não precisava de lágrimas de solidariedade, precisava de dinheiro. As contas venceriam no fim do mês.

Quem não tem porta sai pela janela, mas moravam no quarto andar. Afastou da mente a solução idiota. Como se esborrachar na calçada sem deformar seu rosto? Encheu a banheira com água morna e decidiu. Não se arrependeu. Nas cicatrizes do braço um bom cirurgião daria um jeito.

30.

Nina se dedicava cada vez mais aos estudos. Os colegas a olhavam com admiração. Ficaram sabendo do seu problema, da internação de urgência para tratar de esgotamento físico. Nina voltara renovada, interessada em tudo, comunicativa, diferente do que costumava ser. Os colegas se aproximaram. Era uma mulher bonita, esbanjava charme, sorria muito. Qual homem não gosta de mulher que sabe sorrir? O sorriso não desaparecia, mesmo quando desencorajava os pretendentes, um enigma a ser decifrado.

Os interessados não trocavam informações, escondiam suas táticas de conquista. Nina era acessível à amizade e ponto, parava por aí. Não estava inserida na modernidade, mas não custava tentar. As fortalezas despertam os homens. Se não podiam ser namorados, seriam amigos. Recuavam, mas ficavam por perto.

A vida correu alegre e despreocupada até o final do quarto ano. Iniciava-se a residência médica, a parte mais desejada da medicina, sonho dos universitários: hora de colocar em prática o que tinham aprendido nos quatro anos anteriores, através do convívio com os pacientes e das reações à medicação prescrita. O sonho se transformaria em realidade no dia a dia do ambulatório, na visita médica matinal aos doentes, nos quartos e enfermarias. Ouviam atentamente o que médico orientador pergunta aos pacientes:

— Dormiu bem? Alguma dor ou desconforto? E a alimentação?

O objetivo do médico era saber se o paciente apresentava boa evolução, se as dores tinham cedido, se o mal-estar desaparecera, se alimentação estava regular, enfim, se a cirurgia tinha corrido bem. Quando ouvia uma queixa, auscultava cuidadosamente, media a pressão, verificava o prontuário, conferia a medicação. Na enfermagem faziam perguntas, analisavam, modificando ou não a prescrição. Não havia doenças nem doentes semelhantes. O que mais dava orgulho ao estudante era estar paramentado: sapatos brancos, jalecos imaculados, estetoscópio pendurado no pescoço e um sorriso permanente no rosto. Médico sério e compenetrado não transmite esperança, dando a entender que o paciente está mal, em estado grave, terminal. A família assustada o segue pelo corredor:

— Doutor, posso falar com o senhor?

Querem ouvir a verdade. O médico explica:

— Está tudo bem, ele está reagindo, não se preocupem.

Ficavam convencidos? Não inteiramente. Qual seria a razão da expressão séria, do rosto contraído, sem nenhum sorriso encorajador? Ali tinha coisa, o médico estava escondendo a gravidade da doença, não queria assustar a família. Será que ele pensava que eram bobos? Não. Estavam bem informados, tinham pesquisado na internet. As especulações cresciam. Será que valia a pena mudar de hospital, pedir a opinião de um especialista? Choviam telefonemas para os parentes mais próximos, para os amigos influentes (fulano conhece o médico tal), talvez um amigo cujo filho havia ingressado recentemente na faculdade de medicina. Acreditavam mais no palpiteiro mais próximo do que no médico, e armava-se o circo da desconfiança.

Nina observava mais do que ouvia. Como agir diante do paciente? E da família? Havia perguntas embaraçosas. A faculdade era pródiga de boatos, o mais importante era aprender a informar sem dizer tudo. Se não era médico, era leigo. Explicar para quê? Não iam entender, seria perda de tempo. Tinham outros pacientes para cuidar. Vestiam-se de branco porque eram puros, verdadeiros, intocáveis, pairavam acima de qualquer suspeita. Nina abominava esses conceitos vaidosos. Tinha os pés no chão, nascera na roça, conhecera a miséria de perto, a carência de quem mendiga atenção. Seria uma médica diferente, fizera um pacto íntimo de humildade e ternura para quando tivesse seus próprios pacientes, um compromisso de respeito às angústias dos ansiosos.

Seria atenciosa com os parentes e acompanhantes de pessoas internadas, mesmo com aqueles impertinentes, que fazem a mesma pergunta várias vezes. A experiência de ter sido uma paciente sem pai nem mãe por perto a havia marcado. Não fossem seus primos, teria entrado em desespero. Em situação de emergência, o que se deseja em primeiro lugar é a presença da família. Mesmo com Stela se desdobrando para vê-la todos os dias, nos momentos de solidão se lembrava da mãe e do pai, dos irmãos. Queria vê-los. Sentia falta, chorava sozinha. Depois enxugava as lágrimas, forçava um sorriso, abraçava Stela e agradecia a ela todos os dias. Stela comentava:

— Por que isso? Saí daqui faz pouco, por que você me agradece tanto?

Stela não entendia porque nunca havia passado por situação semelhante. A solidão pesa, esmaga a alma, enfraquece o forte e destrói quem é frágil. Nina tinha vivido duas situações distintas naquele mesmo hospital: a primeira, quando foi rejeitada por Yasmin, após o susto e o socorro que lhe prestou; a segunda foi quando foi vê-la, já refeita, e encontrou Tereza ao seu lado. O olhar de desprezo e a rejeição da namorada, o nojo que ela demonstrou ao vê-la doeu profundamente. Foi vê-la esperando palavras de gratidão por tê-la salvado da morte iminente, correndo atordoada em busca de socorro, perdida, sem atinar se agira a tempo ou a deixaria morrer porque falhara. Pedira ajuda a Stela, precisava de apoio. Fez o que lhe pareceu mais acertado.

Nina sabia que não tinha errado ao salvar a vida da mulher que amava, mas o tempo lhe mostrou que, quanto ao amor, estava enganada. Yasmin tivera por ela uma loucura passageira, uma fogueira que ardeu depressa e consumiu tudo. Não era assim da parte dela. Depois de iniciado o romance, as duas embaladas por uma paixão recíproca, Nina não fez mais planos pessoais, em tudo incluía sua amada. Por outros caminhos e meios estava realizando seu sonho, mas sentia falta da voz de Yasmin dizendo que a amava.

Seguira em frente. Mas esqueceria Yasmin quando mergulhasse inteiramente na profissão? Já não lutava mais para abafar o amor que ainda sentia. Quando a solidão apertava, relembrava os momentos felizes que haviam partilhado no pequeno apartamento. Não acreditava que era tudo mentira. Nunca ouvira Yasmin dizer que não a amava mais, precisava ouvir para acreditar, para acalmar seu coração. Não iria apagar a chama que seguia acesa, ainda aquecendo sua alma solitária.

31.

Stela e Gervásio se viam todos os dias, mas se encontravam a sós apenas às segundas e quintas. Fugiam para um motel, faziam amor e depois jantavam juntos. Gervásio quis saber por que Stela mudara de ideia naquela semana:

— Você está indisposta? Fiz alguma coisa que te desagradou?

Stela negou. Disse que estava tudo bem, sairiam na próxima quinta-feira. Tivera um aborrecimento na sexta após o expediente, mas já superara. Por causa disso passara o fim de semana quieta, mas queria descansar mais um pouco à noite. Não cobrou que se mudasse para sua casa. Gervásio se conformou, mas no dia seguinte, quando os empregados já haviam saído, alcançou Stela no carro. Acomodou-se, conferiu se não havia funcionários por perto, para evitar disse-me-disse. Mantinham o romance em segredo, haviam combinado que só falariam quando já estivessem morando juntos, e era sobre isso que Gervásio queria conversar. Finalmente entregara as chaves do apartamento, acertara o aluguel e mandara pintar o imóvel por exigência da locadora. Queria levar suas roupas para a casa de Stela no dia seguinte, faltaria ao serviço na parte da manhã. Levaria apenas as coisas pessoais, que estavam na casa de um amigo.

Stela estranhou a súbita mudança de planos do namorado. Por que a pressa de repente? Ela estava quieta, aguardando o fim do mês, mas já estavam no fim da quinzena do mês seguinte. A decisão de Gervásio não deveria causar estranheza, pois era o que tinham combinado. Aprendera que a única maneira de confiar nas pessoas é pelo instinto, não devia confiar em ninguém se o seu instinto dissesse que não. Esperaria mais. Era impossível conhecer uma pessoa apenas convivendo. O amor era traiçoeiro, mau conselheiro. Confiaria na sua percepção, que vai além do que a pessoa ouve, vê e toca, cheira ou prova o gosto.

Stela disse não ao namorado, pediu a Gervásio que esperasse mais alguns dias. Com a chegada de Nina, havia detalhes na casa que precisava acomodar. Gervásio insistiu, tentou beijá-la. Ela se afastou:

— Não gosto de me expor, você sabe disso. Depois que tudo estiver resolvido, aí sim, mas na frente da fábrica, não.

Gervásio recuou. Disse que não podia ficar na casa do amigo, que gostava de levar a namorada para dormir lá. Seria um estorvo. Stela foi objetiva:

— Há hotéis de todos os preços, Gervásio. Até mais em conta do que o aluguel do seu apartamento.

Gervásio saiu e bateu a porta do carro, não se despediu nem olhou para trás. Stela arrancou depressa, com receio de que ela a visse chorando. Estava abalada. Ele fora o primeiro homem a quem se entregara após enviuvar. Guardara seu corpo e seu amor para uma pessoa especial, que imaginara para compartilhar sua vida. Esperara o filho ficar adulto, se encaminhar na vida. Comprara um apartamento confortável, estabilizara sua vida financeira, e só então pensara em sua vida amorosa. Não se precipitara. Tivera outros pretendentes, cultos e educados, mas escolhera um homem de seu agrado, maduro, experimentado na vida. Não teve pressa. Não era um arroubo momentâneo. Mas sem nenhum motivo a não ser a cutucada de seu instinto, sentira que alguma coisa não estava conforme à felicidade que tinha planejado.

Será que acertara apenas uma vez na vida, ao escolher o pai de seu filho? Fora muito feliz com o marido. Tinham vencido dificuldades, mas o amor dos dois nunca esmoreceu. Não tinham criado uma família numerosa porque o destino resolveu diferente. Stela desconhecia a razão de sua repentina atitude com o namorado. As mensagens do coração são misteriosas, nos surpreendem. Fora envolvida por uma estranha sensação quando ouviu Gervásio dizer que se mudaria no dia seguinte. Seu coração gritou: "Não concorde, diga não". O aviso foi nítido, não deixou dúvida.

A mentira que inventou não foi nada convincente, Gervásio não se conformou. Era um homem inteligente, sagaz, captava mentiras no ar. Já haviam decidido, aguardavam o momento em que poderiam dormir juntos, como todo casal. Joaquim, sem saber, fora um fator a mais para se apressarem. Gervásio tinha razão de ficar magoado, percebera que a desculpa dela era esfarrapada, boba.

Stela estava envergonhada de ter mentido, não fazia parte de seu caráter. Mas, ao mesmo tempo, se sentiu aliviada por sua coragem de evitar o que agora pressentia ser errado. As coisas não acontecem por puro acaso, em todos nós há uma determinação interior que nos adverte do perigo. Basta saber ouvir, o que não fazemos habitualmente, pois vivemos envolvidos pelas impressões externas, deixando de lado o que temos de mais importante e verdadeiro para nos guiar com segurança, aquilo que percebemos no ar. Estava em paz. Não daria um passo a mais até ter certeza do que estava fazendo. Não se deixaria convencer por argumentos vazios de significado.

Com essa disposição, colocou em prática o que havia combinado com Tereza. Nos dias que se seguiram preparou os depósitos bancários e os entregou a um dos funcionários que já conhecia o serviço. Na semana seguinte, começou a alterná-los. Ora os entregava a Antônio, ora a Mariza. Prosseguiu nessa rotina até que um dia pediu ao Gervásio, que fez os depósitos por dois dias seguidos. Voltou a Mariza e depois a Antônio, e alternou-os com Gervásio durante uma semana. Doía-lhe o coração colocar o namorado na mesma condição dos outros funcionários, mas não podia poupá-lo, pois Tereza não aceitaria.

A experiência durou um mês, e ao final se reuniu com Tereza numa sexta-feira, depois do expediente. Conferiram todos os comprovantes com os valores que haviam anotado, antes de preencher as guias de depósitos para os bancos. Nenhuma das anotações conferiu com o valor dos depósitos feitos por Gervásio. Stela desabou na frente da sócia.

Tereza respeitou a dor da amiga. Levou-a até o carro, deu-lhe um beijo e a consolou:

— Muita calma, amiga, já tive decepções semelhantes. A vida nos dá rasteiras para testar nossa força. Não lamente. Ainda bem que descobriu a tempo, antes de se envolver mais. O prejuízo seria muito maior se estivessem morando juntos, como você me disse que pretendiam. Vá para casa, encha uma taça com seu vinho preferido e brinde à sorte que não te abandonou. Descanse bem, e na segunda-feira voltamos a conversar. Já sei o que fazer.

Stela ficou amuada no quarto, onde se trancara. O filho queria saber o que acontecera, Nina estava preocupada, mas sem coragem de insistir. Stela tentou tranquilizá-los sem abrir a porta:

— Estou bem, Joaquim. Diga a Nina para jantar com você, ela vai entender. Toda mulher tem enxaqueca, e precisa de silêncio e sossego. Depois conversamos.

Joaquim e Nina imaginaram muitas coisas, mas respeitaram a vontade de Stela. Jantaram em silêncio, envolvidos em seus próprios pensamentos. Nina lavou a louça e deixou para Joaquim enxugar, depois guardou tudo e voltou à sala. Queria ir dormir, mas o primo a reteve:

— Fique aqui comigo. Estou precisando conversar com uma amiga.

Joaquim estava indeciso quanto ao seu namoro. Júnia era uma moça rica, ele explicou, antes que Nina perguntasse:

— Isso eu já sabia, Joaquim, sua mãe me contou. Antes de você continuar, acho melhor esclarecer que ser rico não é defeito. Se ela fosse pobre e agisse como rica, aí sim, seria preocupante, você deveria repensar o namoro. Mas se sua namorada é rica, qual o problema? Você está errado por questionar isso.

Nina fez várias outras considerações que Joaquim ouviu, sem interromper. Olhava-a com contido espanto, a julgara mal.

Pensava que ela detestava ser pobre e infeliz, mas ao que parecia não era nada disso. Nina não levava uma vida triste. Rica ou pobre, era possível ser feliz. O dinheiro proporciona bens materiais, traz muitas alegrias, mas felicidade é um conceito mais amplo.

Ficou atento ao que a prima dizia, interessante como não a conhecia. Quando se deram conta, já era tarde. Acordavam cedo durante a semana, ela corria para a faculdade e ele para a empresa; precisavam descansar nos fins de semana..

Júnia não tinha parentesco com o sócio de Joaquim. O pai dela era um fornecedor abastado, e Júnia sua única filha. Trabalhava com o pai, chegava à empresa junto com ele e só ia para casa no fim da tarde. Já se formara em Administração de Empresas e se lembrara de Joaquim, que entrara na faculdade um ano depois dela. O namoro começou quando se reencontraram num almoço de fim de ano na empresa do pai dela.

32.

Tereza chegou em casa e não encontrou Yasmin. Conferiu o relógio: dez horas da noite. Pela primeira vez desde que iniciara o romance, a companheira não a esperara depois do trabalho. Seu primeiro impulso foi sair e procurá-la. Mas procurar onde? Yasmin não tinha amigas que a convidassem para sair, embora conhecesse muita gente. Havia rapazes que antes frequentavam sua casa e suas festas, mas todos envolvidos com seus pares. Tereza achava que nem sabiam que morava com ela, pois ela não contava nada a ninguém. Apenas Nina e Stela, além dela e de Joaquim, tinham participado da vida dela nos últimos tempos.

O porteiro do edifício em que ela tinha morado não sabia para onde ela tinha se mudado, portanto, por meio dele, seria impossível obter qualquer informação. Na imobiliária não informavam nada. O mistério de sexta-feira à noite se complicava. Não podia telefonar para Stela, que já tivera sua cota diária de aborrecimentos. Seus clientes e amigos não sabiam da existência de Yasmin.

Chamar a polícia? Mas alegar o quê? A mãe dela não viria buscá-la sem falar com Tereza. Onde se metera aquela cabeça de vento? Perguntaria ao porteiro, mas isso a incomodava, porque se exporia. Ele já falava de todos e de tudo sem saber de nada, imaginava se ficasse sabendo o que a preocupava. Os comentários ferveriam. Chegariam ao ouvido da síndica, uma mulher amarga, mal-amada e cheia de traumas. O marido a deixara pela secretária, jovem e bonita. Em represália, armara um flagrante para ele. O coitado caíra como um patinho, deixara-lhe o apartamento e uma generosa pensão. A solidão era fruto de seu humor azedo. Os condôminos não a suportavam, mas era uma boa síndica. Economizava para o condomínio e tratava os empregados com disciplina, até substituía o porteiro quando ele não vinha. Enfim, um achado.

Tereza desceu à portaria. O porteiro não sabia informar, pois pegara no serviço às 10 horas, pouco antes de ela chegar. Só então Tereza se lembrou de que já o tinha visto, sabia que o porteiro do turno da tarde tinha ido embora. Andou pelas ruas próximas, foi até a padaria, entrou em bares, mas não pediu informação a ninguém. Não queria passar por maluca nem se expor sozinha àquela hora, com o movimento escasso.

Voltou ao apartamento para se acalmar, lanchar e coordenar as ideias, mas só pensava em tragédias: Yasmin entrara em desespero e saíra sem rumo, fora atropelada, levada para ao hospital. Não, ela não era mulher de andar despreocupada pelas ruas. Era jovem, prestava atenção no trânsito. Sabia dirigir, já demonstrara ser hábil ao volante. Então por que não telefonava? Tentou o celular. Estava desligado, ou fora da área de cobertura.

Começou a se desesperar. Foi ao quarto, abriu gavetas e revirou as roupas da companheira. Não havia roupas na lavanderia. Repassou os vestidos pendurados, e parou, pensativa. Estava faltando um vestido azul-turquesa, decotado nas costas. Aguçou os sentidos, conferiu os sapatos. O vermelho de salto fino, exagerado na altura, que ela combinava com o vestido, também não estava. Era o conjunto de que ela mais gostava. As roupas de baixo eram difíceis de conferir, Yasmin tinha lingeries em quantidade.

Deduziu com facilidade o que tinha acontecido. O sangue subiu-lhe ao rosto, as mãos ficaram crispadas: estava sendo traída pela descarada. Não admitia falsidade, não a perdoaria jamais. Foi à sala e tomou uma dose dupla de uísque, sem gelo. Precisava de um entorpecente para não explodir. Não reagiria, como Yasmin devia ter planejado. Não. Sua estratégia teria que superar a malícia da companheira. Ou será que Yasmin era mau caráter e estava apenas se desnudando, mostrando sua verdadeira face? Estaria fazendo um juízo apressado? Será que ela saíra para uma festa inocente? Mas de quem? Uma coisa ou outra, ou todas as opções, exigiam uma resposta à altura do desrespeito.

Tereza já fora traída mais de uma vez. Não estava calejada, porque ninguém se acostuma com coisas ruins, a vítima da traição nunca esquece, lambe as feridas, mas continua presa fácil de outra falsidade. Desta vez, Tereza estava disposta a não se iludir. Das outras vezes reagira com agressões e ofensas, o que não resolvera nada, só servira para deixá-la doente, desanimada, sem disposição para enfrentar a vida. Era uma mulher inteligente, algum ensinamento deveria ter ficado gravado. Vasculhou a memória à procura de algum fato positivo nas desavenças do passado. Enquanto isso, serviu-se de mais uísque, desta vez com gelo para não desmoronar. Gostava de beber seus drinques, mas odiava a embriaguez. A sensação de perder a noção da realidade a apavorava.

Deixou o uísque pela metade. Para se recuperar, foi tomar uma ducha demorada. Debaixo do chuveiro, imaginou e planejou um plano perfeito. Enquanto se enxugava ouviu o trinco da porta. Olhou o relógio: meia-noite e dez. Ouviu vozes femininas. Enrolou-se depressa no roupão de banho e foi até a sala.

Yasmin estava deslumbrante. Apressou-se em beijá-la na face e a apresentou à outra moça: linda, sorridente e fina, foi a forte impressão que passou para Tereza, que se ajeitou no roupão:

— Desculpe o traje, mas estava no chuveiro quando vocês chegaram.

A voz da amiga soou melodiosa:

— Eu é que devo pedir desculpas. Não queria subir a esta hora, mas a prima insistiu. Queria que te conhecesse, e a ajudasse a explicar por que estava voltando tarde.

Em seguida Tereza ouviu a mais esfarrapada desculpa que se podia inventar. Nívea, era o nome da prima. Dera uma festinha em casa, fora aprovada no vestibular para a faculdade de turismo. Estivera no enterro do tio e a vira no cemitério, mas não fora apresentada.

— Havia muita gente. A senhora se lembra? A tia chorava muito, e foi minha mãe, irmã dela, que a amparou na hora em que o caixão baixou à sepultura. A senhora estava longe de nós, por isso não notou.

Tereza ouvia sem acreditar em uma palavra, e ao mesmo tempo tentava se lembrar da bela Nívea no dia do enterro. Tinha boa memória, e uma mulher bonita não lhe passaria despercebida. Nívea lhe estendeu a mão, disse boa noite e se encaminhou para a saída, acompanhada de Yasmin. Beijaram-se delicadamente, e Nívea desapareceu no elevador.

Yasmin trancou a porta e veio beijar Tereza:

— Quero que me perdoe por não ter avisado. Como sei que fica muito zangada, quando interrompo suas reuniões de negócios, deixei para te explicar quando chegasse. Só que demorei mais do que esperava, e você chegou antes de mim. Tô perdoada?

Para convencê-la, Yasmin disse que a queria, estava excitada. Rolaram na cama até tarde. De madrugada, exaustas, dormiram serenamente. A claridade do dia encontrou Tereza na sala, chorando suas dores de mulher traída, mais uma vez. Enquanto as lágrimas molhavam seu rosto, tramava vingança contra Yasmin.

Nada a convencia. Uma vingança passageira não era o que queria, mas uma vingança que perdurasse no tempo, que fizesse Yasmin infeliz pelo resto da vida, e não a deixasse se esquecer de que ferir as pessoas resulta em punição. A dor que estava sentindo era insuportável, mas Tereza estava convencida de como deveria agir: continuaria carinhosa com a companheira, faria de tudo para lhe proporcionar todos os prazeres mundanos que ela desejasse. Seria sua escrava permanente, sem queixumes nem cansaço.

Aquela história de Nívea era pura invenção de Yasmin, para mascarar algum novo romance em evolução à sombra dela, de sua eterna imaturidade emocional. Tereza se achava a tola das tolas, a ingênua que nada aprendera em suas andanças e fracassos amorosos. Mas agora era a sua vez. Não perderia a oportunidade de dar uma lição definitiva em Yasmin. Já sofrera o suficiente na vida, já se humilhara para obter os carinhos da amante. As noites de amor com Yasmin eram muito pouco diante da frustração que estava sentindo.

Não teria pressa. A vingança é um prato que se come frio, ensina a sabedoria popular. Uma lembrança a acalmou, e um sorriso lhe aflorou aos lábios. Tinha uma amiga que a ajudaria. Miriam sempre fora maldosa, nascera assim, e a vida havia lhe ensinado mais ainda. Tornara-se uma pessoa perigosa. As duas eram amigas, embora Tereza tivesse se afastado porque ficara amedrontada com as proezas que ela aprontava. Socorrera Miriam nas desavenças que criava com suas companheiras e companheiros, era bissexual, não escondia isso de ninguém. Miriam faria o que fosse necessário para providenciar uma vingança duradoura contra Yasmin.

Tereza já tinha chorado tudo o que acumulara nos últimos anos. Miriam seria a solução. Enxugou as lágrimas e preparou um café da manhã perfeito para agradar a Yasmin. Queria vê-la feliz. De agora em diante, sua vida seria um permanente desdobramento de gentilezas com a amante, um rosário de agrados: "Sim, meu bem"; "O que você quer que eu faça"; "Quero que seja feliz ao meu lado"; "Se você gostou, vou lhe dar de presente"; "Não se preocupe com nada"; "O amor que sinto por você não pode ser medido"; "Sua felicidade está acima de tudo"; "Confio plenamente em você"; "Sua sinceridade já me convenceu".

Agiria assim quando Yasmin lhe contasse alguma coisa, fosse verdade ou mentira. Seria seu capacho permanente, até o dia em que pudesse realmente vingar sua dor. Ela com certeza a trairia novamente, mas escorraçá-la e ofendê-la com insultos e gritos não amenizaria sua raiva, nem seu desejo de vingança. Yasmin nascera para infernizar a vida de quem se aproximasse dela. O demônio a enviara como seu representante na terra. Caprichara em sua beleza, simpatia e sensualidade, para enlouquecer quem caísse em suas garras afiadas.

Tereza não a deixaria escapar, e a melhor tática era torná-la cativa de seus falsos carinhos e atenções. Yasmin continuaria ao seu lado, por interesse e pela liberdade que teria para aprontar e aproveitar da vida. Para Yasmin, fazer amor com ela seria um sacrifício pequeno, diante do que teria em troca. Tereza entendia agora por que homens maduros se submetiam aos caprichos de suas amantes em troca de momentos de prazer, apesar das traições: precisavam de sexo e de um corpo jovem. Ela faria o mesmo: com Yasmin submissa, teria seu corpo e seus beijos, e se fingiria de cega até concretizar seu plano. Seria tão diabólica quanto a amante. Yasmin era ingênua, não avaliava o quanto a vingança de uma mulher ferida em seu amor próprio lhe seria danosa.

Foi para a cozinha com a alma confortada, cantarolando uma canção da moda. Não viu quando Yasmin se aproximou e a abraçou. Virou-se lentamente e a beijou nos lábios com amor.

33.

O domingo estava ensolarado, mas Stela não se animou, ficou trancada no quarto, em silêncio. Para amenizar a preocupação, abriu a porta pela metade e chamou Nina:

— Estou bem. Tive um aborrecimento de ordem pessoal, quero ficar quieta. Explique ao Joaquim como achar melhor, não quero sair. Quando sentir fome eu me ajeito. Convide-o para almoçar fora.

Fechou a porta antes que Nina perguntasse qualquer coisa. Nina entendeu. Paz se encontra na solidão. Chamou Joaquim para almoçar, não se estendeu em detalhes nem explicou pela metade. Foi dura e direta:

— Sua mãe quer sossego. Aliás, ela tem direito à privacidade. Toda mulher tem.

Os dois conversaram sobre tolices, coisas do dia a dia, novelas. Joaquim estava se entendendo com Júnia, tinha superado sua "neura", como ele próprio descrevia suas preocupações. Quis saber sobre o curso de medicina, se era realmente o que ela queria ou se estava decepcionada. Nina estava inteiramente convencida do acerto de sua escolha, nem vira o tempo passar. Perdera muito tempo com bobagens, envolvida pela vida irresponsável de Yasmin.

Era a primeira vez que se referia ao nome dela e ao período em que morara com a amiga, frisou "amiga" para não dar ao primo nenhuma pista sobre a verdade. Sentia vergonha dele, mas à noite suspirava pelos beijos e carícias de Yasmin. Joaquim se conteve, não fez perguntas. Deixou que Nina contasse o que quisesse. Já vivera o bastante para entender que as pessoas têm interesses e escolhas diferentes. Respeitava a prima, mas não acreditava na amizade das duas. Ela fora apaixonada por Yasmin, o que ele não conseguia entender inteiramente, pois se lembrava das noites com a prima. Era inexperiente, mas adulto o suficiente para saber que o sexo lhe agradava. Havia prazer. O que os movia era a necessidade de descarregar as tensões do dia e satisfazer a libido, que acabou se exaurindo pelo desinteresse de ambos os lados. Não fora importante, não deixara marcas. Era uma boa lembrança, mas sem saudades ou pesar.

Pela tranquilidade de Nina, Joaquim percebia que nada significara para ela. Restara a amizade sadia, despida de outros interesses. Ele aprendera que amizade entre homem e mulher não pode ter sexo, senão não é amizade. A exceção estava na relação dos dois, não existe regra absoluta quando se trata de homem e mulher. A prima continuava sendo uma mulher interessante, atraente, certamente assediada, mas mudara ultimamente. A severidade do corte dos cabelos, aparados curtos, sem trato nem viço, acentuava a impressão de desleixo. Perdera um pouco da feminilidade. Nunca mais a vira de salto alto. Usava tênis, sapatos fechados e roupas discretas, blusas e calças jeans mais largas. Não usava adornos de nenhuma espécie, ele se lembrava dos brincos e anéis que ela abolira inteiramente. As unhas das mãos eram aparadas com esmero, mas sem esmalte ou base. Será que era medida de higiene pela profissão? Não acreditava, pois conhecera outras estudantes de medicina muito cuidadas, com cabelos soltos e unhas esmaltadas.

Nina não se perfumava mais, o que era curioso. Toda mulher gosta de perfume! Até ele usava perfume, discreto, como convém a um executivo. Comparava-a com sua mãe, que não era exemplo de mulher cuidadosa com a aparência. A diferença entre as duas era evidente. A prima sofrera uma mudança radical. Continuava gentil, educada e prestativa, mas estava diferente.

Observou-a quando foi ao banheiro. O andar sinuoso

que atraía os homens havia desaparecido. Achava que ela estava pisando firme. Seria o tênis? A dúvida ficou. A prima falou sobre o passado com reticências, mas se emocionou quando lembrou a tentativa de suicídio de Yasmin, um fato marcante em sua vida, ele concluiu. Por um momento os olhos da prima se inundaram de lágrimas. Ela disfarçou, foi novamente ao banheiro. Quando voltou, estava mais serena, molhara o rosto. Manteve a discrição, mas ele se convenceu de que suas suspeitas tinham fundamento. O envolvimento com Yasmin tinha sido amoroso, profundo, mais sério do que podia imaginar.

Joaquim a ouvia com curiosidade. Como seriam os encontros amorosos entre duas mulheres? Imaginava as carícias. Como se satisfaziam mutuamente? Será que o sexo oral era suficiente? Não havia segredos de sexo entre homem e mulher, mesmo os menos comuns. Ninguém estranhava. As relações de homem com homem obviamente não difeririam na essência, mas as de duas mulheres cutucavam sua imaginação. Filmes eróticos já abordavam o assunto, mas presenciar, sem as cortinas do pudor, seria diferente. Além de impossível. Sentia vergonha por pensar assim. Era um homem do seu tempo, no qual os preconceitos eram repudiados. Fazia parte do contingente dos que respeitavam as orientações sexuais divergentes, mas a proximidade da prima e o interesse dela por Yasmin o deixavam inquieto. Yasmin fora sua musa, a mulher que incendiara sua libido, mesmo sem permitir que ele se aproximasse. Avaliava se a atração que sentira não fora resultado de sua imaginação. Podia ser, mas uma mulher sabe quando inflama um homem. Raras vezes se viram, mas os beijos que ela lhe deu ainda estavam vivos na sua memória.

A prima fora discreta, mas seu olhar sonhador quando se referiu à amiga foi como uma revelação. Queria rever a mulher que povoara seus sonhos. Já tivera permissão de Tereza, não perderia a chance. Gostava de Júnia, mas a namorada não o excitava como Yasmin. Era urgente encontrá-la e colocar à prova a fantasia que carregava, devia isso a si mesmo e à namorada.

Voltaram ao apartamento. Sua mãe continuava entregue

ao retiro voluntário. Joaquim tinha muito que aprender sobre a alma feminina. Foi buscar Júnia para uma tarde preguiçosa de domingo. Nina ficou em casa, atarefada com suas obrigações de estudante em final de ano. Estava entusiasmada, familiarizada com a profissão, com os professores e com os colegas já formados. Todos se ajudavam, não havia reservas entre colegas, fossem iniciantes e veteranos.

34.

A segunda-feira encontrou Stela refeita, animada e disposta aos enfrentamentos, novos planos, pronta para terminar as tarefas da semana anterior. Tomou o café da manhã em companhia do filho, mas não comentaram sua reclusão. Saíram ao mesmo tempo, cada um ao encontro de sua própria agenda, os olhos no trânsito e a cabeça mergulhada na solução das urgências.

A rotina de Stela não seria alterada, exceto pela dor de encarar Gervásio. Saber de sua desonestidade, além da atitude covarde com relação aos sentimentos dela, doía profundamente. Cumprimentou-o, mas lhe negou qualquer sorriso para se desculpar pela última desavença. Desde o dia em que tivera coragem de dizer a Gervásio que não queria que ele se mudasse, não tinham mais se falado a sós. O assunto ficou esquecido no canto obscuro das contradições do amor.

Havia pensado muito no fim de semana. A dor do amor frustrado foi desaparecendo. Preservara-se, sufocara suas carências e não se permitira intimidade durante quinze anos. Acalmara seus desejos na solidão de seu quarto, resistira às urgências da carne. Não se arrependia, consolava-se com o respeito do filho e dos amigos. Finalmente, se deixara levar por Gervásio e decidira se entregar. Esperar tanto e depois se ver envolvida com um cafajeste doía mais do que se tivesse acalmado seu desejo com desconhecidos e namorados eventuais. Onde se metera seu senso crítico, sua perspicácia feminina? Reconhecia que agira como adolescente. Nem isso ajudava, adolescentes já não se metiam em aventuras duvidosas nem eram ingênuas. Quando se envolviam em situações equivocadas, não culpavam ninguém. Assumiam, pois a índole viera de berço, não havia desculpa que as aliviasse.

Fizera de sua vida um equívoco do qual relutava em se livrar. Sabia que se peca nas escolhas, e quem não pecou ainda vai pecar. O ser humano é mutante, ao sabor de momentos e circunstâncias. Mas seu pecado estava pesando além do que podia suportar. Segurou o pranto, que ameaçava desabar na frente das funcionárias. Engoliu em seco durante todo o dia, sempre que via Gervásio, mas não reuniu coragem para enfrentá-lo, pedir explicações e dispensá-lo da fábrica e de sua vida. Deixou o encargo para Tereza, que até o fim da tarde ainda não dera notícias.

Stela temia sucumbir. Seu equilíbrio emocional estava fragilizado. Saiu antes do final do expediente e foi até a casa da sócia. Precisava de socorro urgente. A pressão no peito estava insuportável, mas não se tornaria uma coitadinha diante de um insucesso.

O encontro das duas foi marcado por choros convulsivos. Yasmin tinha ido se encontrar com uma prima, Tereza explicou, mas um fato tão banal não podia ser motivo de choro, Stela pensou, sem atinar com o que ocorria. Já imaginara tudo sobre a relação das duas, em decorrência do que presenciara no hospital, mas não imaginava o que acontecera no fim de semana. Foi uma decepção saber que Tereza não poderia consolá-la, estava precisando tanto quanto ela de apoio e de ouvidos pacientes para desabafar suas tristezas.

Stela a abraçou, deixou que chorasse em seu ombro. Afagava seus cabelos sussurrando, não existe tragédia que não traga recompensa. Quando Tereza se recuperou, ouviu suas decepções, fracassos e dores de amor. Não teve coragem de falar sobre seu rompimento com Gervásio. Era muito pouco, diante do desespero de Tereza. A surpresa maior foi saber que a dor de abandono de uma mulher por outra era devastadora, tanto quanto a do rompimento entre homem e mulher. Não encontrou palavras para consolar a pobre Tereza, uma mulher forte e decidida que desabara por causa de uma suspeita.

Stela enveredou por esse caminho, plantou a semente da dúvida entre um envolvimento aparente e a pureza do reencontro de duas primas. Tereza não se convenceu:

— Eu nunca soube que ela tinha uma prima morando em Belo Horizonte. Foi invenção das duas — e voltou ao pranto descontrolado.

Nos intervalos do choro, Tereza debulhava sua vida pessoal. Stela estava constrangida. Ouvir confidências de quem não suporta guardar suas próprias mágoas é um dever de compaixão, amor ao próximo e doação a quem está sofrendo. Mas Tereza ultrapassara o limite do decoro pessoal ao entrar em detalhes de sua relação com Yasmin. Stela estava arrependida de ter recorrido à sócia para aliviar sua dor. Tereza estava vivendo um calvário em que misturava dor, frustração e ciúmes, era demais para aquele fim de dia.

Pediu desculpas, mas havia prometido encontrar-se com Joaquim e Nina em uma loja. Tereza enxugou as lágrimas e beijou a sócia ternamente:

— Obrigada, eu sei que você tem compromisso e precisa ir, mas saiba que serei eternamente grata por ter me consolado. Amanhã, quando você chegar à fábrica, já estará tudo resolvido. Pode contar comigo, não vou falhar. Sei como me fortalecer. Sou veterana na arte de sobreviver.

Stela ficou pesarosa com a saída apressada e por ter mentido. Não era de seu feitio, mas fora bombardeada por tantas histórias escabrosas da vida de Tereza que seu momento de sofrimento pessoal se tornara irrelevante no contexto. Tereza tinha razão. O sofrimento cria couraças para continuar. Serviu de exemplo para que Stela evitasse encarar o desfecho de seu romance como uma tragédia. Devia estar alegre por ter descoberto as trapaças do namorado antes de trazê-lo para sua casa, o problema seria enorme diante do filho e da prima. Teria que explicar o fim do namoro, mas poderia omitir o que quisesse. Falar sobre o desfalque seria fácil, difícil seria explicar a decisão de levar um canalha para viver com ela e dormir em sua cama.

Mais calma e conformada, ficou esperando o filho e Nina para o jantar. Abriu uma garrafa de vinho, brindou à vida, ao conforto e à sorte de ter se livrado de um desastre. Tinha casa, família, amigos, uma profissão respeitável. Tornar-se empresária era um prêmio por sua dedicação ao trabalho. Merecia o que conquistara. Fez outro brinde, à felicidade que ainda conquistaria. Torcia para que acontecesse logo, pois não queria mais viver sem os prazeres do amor.

35.

Tereza vivia os piores momentos de sua vida. Não podia fraquejar diante da traição de Yasmin, pois seus planos de vingança se diluiriam em mais sofrimento: era sua inteligência e maturidade contra a irreverência da amante. Yasmin usaria a liberdade que tinha, não abriria mão das traições enquanto não houvesse risco de perder a mordomia.

O importante era manter por perto a amante desmiolada. Perder o controle e deixar Yasmin perceber sua desconfiança colocaria seu plano em risco. Não ia se descuidar. Somente uma vez na vida se permitira ser tripudiada sem revidar, mas servira de lição. Jurara que nunca mais seria enganada. O noivo atencioso tinha se tornado um marido tirano. Seu pai tinha lhe dado um dote generoso, que ela repartira sem pensar no futuro. Bastou fazer isso e Edison mostrou seu verdadeiro caráter de homem ambicioso e desprezível.

Era uma jovem atraente, bem cuidada, culta e muito educada. Não envergonharia ninguém em nenhuma situação. Sabia se vestir com elegância, uma moça ideal para se tornar esposa e mãe de família. "Edinho", a razão de seu ódio por apelidos, se aproximou, foi sutil, a fala pausada, os gestos estudados, um sorriso permanente. Conquistou seu pai, um aliado poderoso, diante dos costumes da época.

Não se casou obrigada. Seu espírito era indomável, nada faria contra sua vontade. Mas tinha sido enganada pela lábia apurada do "genro ideal", na opinião de seu pai. As irmãs, suas conselheiras, eram ingênuas como ela e obedientes ao pai. A mãe era ausente, não era ouvida, fora apagada pelo gênio forte do marido. Diante de sua inteligência de homem próspero, líder da comunidade, a vontade do pai era lei. Moravam numa cidade pequena onde todos se conheciam. Quem tinha um pouco de lustro universitário era admirado. O pai, único agrimensor da região, acumulara fortuna adquirindo fazendas e ocupando terras devolutas. Suas herdeiras eram o sonho dos rapazes, e Tereza de Faria Munhoz objeto de inveja da ala feminina.

O casamento foi comentado na sede do distrito. Um jornal colocou em destaque a notícia do enlace, na página "Alta Sociedade". Não havendo salão digno de festejar na pequena cidade, o pai alugou espaço num clube campestre, a doze quilômetros de distância. Para ostentar mais, colocou um ônibus à disposição dos convidados, podiam se deslocar confortavelmente, ir e voltar no fim da festa. O casal recebeu ainda do pai orgulhoso um presente inusitado: uma viagem de duas semanas ao Uruguai.

Tereza conheceu o primeiro defeito de Edinho já na lua de mel, quando se enfurnou no cassino e perdeu todo o dinheiro que levavam. Voltaram no fim da primeira semana. Edinho ainda tentou receber a diferença do hotel, a suíte fora reservada por duas semanas. Quando ouviu a recusa cerimoniosa do gerente, ficou irritado, ameaçou nunca mais se hospedar lá, nem ele nem seus amigos, que ficariam sabendo da desfeita. O gerente limitou-se a sorrir diante da mentira descabida. Tereza quis se enfiar no piso de tanta vergonha.

Voltaram brigados e continuaram brigando até a separação, quando Tereza abriu mão de grande parte de seu patrimônio para se livrar do traste que, por descuido, amara com as forças de sua juventude. Serviu como aviso por algum tempo.

Tereza foi vítima de outras armadilhas do amor, mas deu o troco, nunca mais perdeu sua estabilidade financeira. Pelo menos essa lição proveitosa conseguira preservar. Deixava ir os anéis, mas segurava os dedos. Com Yasmin faria o mesmo, com o consolo do sexo prazeroso. Diante do prazer à disposição, achava pouco o que gastava com sua amante dissimulada.

Para não despertar a desconfiança de Yasmin, Tereza a mantinha em rédeas curtas. Esperava-a na volta das noitadas, dava-lhe broncas. Exagerava de propósito nos ciúmes, fechava a cara e emburrava. Yasmin corria para agradá-la, pedia perdão como se a tivesse traído, o que certamente ocorrera, Tereza tinha certeza.

Não assustaria a caça. Ela seria apanhada, pois a certeza da impunidade torna a pessoa ousada e imprudente. Continuou seu trabalho de decoradora e empresária como se não fosse importunada por nenhum fato importante. Sufocara a dor da traição na aparência, mas no fundo da alma continuava sofrendo, como se tivesse acontecido naquele dia.

Assim foram levando a vida. Yasmin saía duas ou três vezes durante a semana e passava o período da tarde sem dar notícias. Claro que nos braços de Nívea.

No dia seguinte à visita de Stela, Tereza cumpriu sua missão. Chegou cedo, antes de começar o expediente, e chamou Gervásio à sua sala. Ele não esperava ser dispensado. Não escondeu a surpresa, mas logo se refez:

— Entendo, mas acho que mereço uma explicação. Sou um funcionário antigo e de confiança.

— Tereza o encarou com firmeza:

— Contenção de despesas, Gervásio. Como deve saber, fomos vítimas de um desfalque continuado, que nos abalou financeiramente. Será que você quer mesmo saber mais alguma coisa?

O atrevimento do empregado foi além do que ela esperava:

— Mas vou receber todos os meus direitos — não perguntou, afirmou.

Tereza se irritou. Sua vontade foi expulsá-lo da sala e chamar a polícia. Mas refletiu, respirou fundo e replicou:

— Acho você muito corajoso. Já descobrimos e temos provas de quem é o larápio. Quer saber detalhes?

Gervásio se endireitou na cadeira:

— A senhora já preparou meu pedido de demissão?

Tereza lhe estendeu uma folha e o mandou ler. Em seguida, viu-o assinar e sair porta afora. Seu saldo de salário foi calculado e pago no sindicato, acompanhado por um funcionário da contabilidade. Os trâmites legais da demissão foram todos preenchidos e cumpridos.

Quando Stela chegou à fábrica, soube de tudo em um relato sucinto. Agradeceu a presteza da sócia e fizeram planos de serem mais cuidadosas com dinheiro. Não houve disse-me-disse na fábrica pela ausência abrupta do funcionário de confiança da diretoria. Gervásio se foi como aparecera. Não deixou marcas nem amigos, pelo que observaram depois. Somente Stela sofreu, pois se habituara às gentilezas do amante, que lhe roubava beijos quando se encontravam sozinhos. Ele soubera cativá-la, e isso continuava lhe doendo.

Tereza passou a convidar Stela com regularidade para vir ao seu apartamento e conversarem. Stela resistia, dava o filho e Nina como desculpa, mas acabava cedendo. Essas trocas de gentilezas acabaram se tornando corriqueiras. Sempre que havia possibilidade ou se sentia solitária, Stela corria para a casa de Tereza. Ligava antes, perguntava se ela estava sozinha. Quando Yasmin estava em casa, disfarçava, dava uma desculpa, dizia que telefonara apenas para dar boa noite e perguntar se tudo estava bem.

A amizade entre as duas cresceu. Tornaram-se confidentes.

36.

No segundo semestre do quinto ano, Nina se interessava cada dia mais pela profissão. Levava uma vida de reclusão, sem distrações nem descanso. Aderira aos óculos de grau, o que lhe dera uma aparência respeitosa. Séria demais, ela achou, ao se olhar no espelho. Mantinha os cabelos curtos por medida de higiene, ela explicava, antes de alguém perguntar, e vestia-se sobriamente de um branco imaculado. Gostava de ouvir o porteiro do prédio quando chegava da faculdade:

— Boa noite, doutora.

E curtia o "bom dia, doutora" quando saía, isso alegrava o seu dia. Já explicara que era estudante e faltava muito tempo para se formar, mas não adiantou.

Na faculdade todos a chamavam de Nina, fossem colegas ou professores. A exceção ficava por conta das enfermeiras e auxiliares nos hospitais, habituadas a chamar de "doutor" ou "doutora" todos os que se vestiam de branco. Era o seu mundo, seu sonho que se materializava aos poucos.

Já estivera mais ansiosa, quando fazia as contas e ainda faltavam quatro, três anos, mas agora faltava apenas um ano e meio, sem considerar a especialização, quando haveria um exame de seleção e mais dois anos de grande esforço. Com a ajuda e o incentivo de Stela, chegaria lá.

Joaquim se interessava pelo que ela contava e fazia perguntas inteligentes. Gostava do primo. Quase não tinha notícias da família. Estavam em silêncio, a vida deles não havia mudado.

Mas ela sabia que notícia ruim chegava depressa. Era a mesma lida, a mesma angústia pelas chuvas atrasadas, a esperança de boas colheitas se chovesse regularmente. Chuvas fortes destruíam tanto quanto a seca prolongada. O homem sempre depende de alguma coisa: se não é da natureza, é do patrão, e este do empregado, o pobre do rico e este dos serviços braçais. Dinheiro não mantém a casa limpa, não limpa fossa, nem cuida de criação. O serviço manual continuava indispensável, pois as máquinas apenas facilitavam as tarefas, imprimia-lhes celeridade, mas não funcionavam sem um condutor.

Nina gostava de ficar ao sabor dos voos da mente. Aprendera que sonhar não atraía riqueza nem sucesso, mas ajudava a viver melhor, a entender as falhas, a suportar as frustrações, e o mais importante: a saborear as vitórias. Deixava de lado as divagações e mergulhava com vontade nos livros e na prática médica. Era o momento de aplicar a prática à teoria, de aprender como fazer. Não se acovardava diante do médico orientador, perguntava quando tinha dúvida. Nem um "já te expliquei isso" a intimidava:

— Pode explicar novamente, por favor, pois acho que não entendi direito.

Acabou sendo apelidada de "espiculinha". Foi ao dicionário: "regionalismo de Minas Gerais e São Paulo para quem é indiscreto, quem pergunta demais". Então era isso? Não se ofendeu, seria a "espiculinha" da turma. Soava ofensivo, mas que importava? Tantas outras coisas na sua vida a tinham ofendido, e, no entanto, sobrevivera. Queria se formar e praticar a medicina.

Ofender-se seria muito pouco para quem nascera em uma casa modesta no meio rural, onde o quintal era de terra batida, a água vinha da bica, as galinhas eram escaldadas e depenadas para o almoço do domingo. Conheceu luz elétrica quando ficou moça, e fogão a gás só na casa da prima. A eletrificação rural trouxe conforto à família, mas ela já estava de malas prontas para partir. Não sentia falta de nada, mas uma saudade sem fim dos pais e dos irmãos. Queria conhecer os sobrinhos, dos quais tivera apenas notícias. Como estariam? Chorou discretamente. Prometeu que criaria vergonha e iria vê-los antes de se formar.

Ficara lisonjeada com Joaquim. Estavam almoçando no sábado, Stela não abria mão de ficarem juntos nesse dia. Joaquim contou que iria se casar. Stela não escondeu o que sentiu:

— Mas já?

Joaquim a beijou:

— Ora, mãe, Júnia e eu namoramos há três anos. Vamos primeiro morar juntos, mas nos casaremos quando a prima se formar. E não vai ter nada de igreja, ela é prática e eu também. A mãe dela esconjurou a ideia, mas acabou se convencendo. O pai não se importou, nem comentou, para ele será uma despesa menor, só isso. Não iria presenteá-la, pois Júnia preferira receber mais ações da fábrica. Joaquim deu os detalhes:

— No fim do ano compraremos nossa casa, meio a meio.

Brindaram à notícia. Ver Joaquim casado era um sonho, pensou Nina. Ela é que estava fora do contexto, mas sua hora chegaria. Não pensava em casamento, era um assunto que retirara de sua lista de planos para o futuro. Continuava anestesiada pela experiência com Yasmin, e a lembrança sombreava sua alegria. Não conseguira se desvencilhar da armadilha perversa, que a marcara de forma permanente. Ficava amuada quando era traída pela mente.

Acabaram de almoçar e Nina se desculpou, disse que gostaria de dormir um pouco, tivera um plantão tumultuado na noite anterior. Não queria nem se permitiria interferir na alegria de Joaquim com sua decisão de ir morar com Júnia. Alugariam um apart-hotel, com serviço de quarto e outras mordomias. Era a solução mais acertada para um jovem casal experimentar como seria o dia a dia depois do casamento. Stela estava aliviada por não ter cerimônia à vista, preparativos; era a mãe do noivo e decerto teria que entrar com o filho na igreja. Ficou decepcionada ao saber que não teriam a benção de um padre, mas não disse nada. A juventude era assim mesmo.

Nina se recolheu, trancou a porta e se jogou na cama, chorando copiosamente de saudades de Yasmin. Era uma doença que não tinha cura, teria que se acostumar. Pelas notícias de Stela, ela ainda estava com Tereza. Ninguém precisava lhe contar que estavam vivendo um romance. Yasmin talvez nem pensasse mais nela. Conhecia a amante e as incertezas de seu coração, sabia que era volúvel e refratária à fidelidade. Nascera para ser amada e proporcionar prazer a quem a agradasse, mas amar somente uma pessoa? Não acreditava que um dia isso acontecesse. Achava impossível Yasmin ser fiel a alguém por muito tempo. Sua natureza era selvagem, uma mulher emocionalmente indomável. Entregava o corpo com paixão, mas preservava os sentimentos, um ser estranho, mas adorável sob todos os aspectos.

Agora conseguia avaliá-la com mais propriedade. Estudara anatomia compulsivamente, como se fosse possível descobrir os segredos femininos. Tudo era mistério no corpo da mulher. Já os homens não a fascinavam tanto, tudo se mostrava tão singelo que não sentia nenhuma vontade de esmiuçar detalhes, sua anatomia era pura, sem muitos segredos, apenas saliências visíveis, palpáveis e funcionais. Nina não especulava sobre sentimentos, uma terra desconhecida e mal desvendada pelos psiquiatras. Contentava-se com o que podia examinar em detalhes.

Adormeceu. Dormiu pesado, só acordou depois de meia--noite. Foi até a sala. Tudo apagado. Joaquim e Stela tinham saído. Fez um lanche e voltou ao quarto para estudar até o sono chegar novamente.

37.

Após o almoço Joaquim foi se encontrar com a namorada. Stela foi cuidar dos afazeres da casa. Não sobrava mais tempo para cuidar de tudo, se recostar no sofá e ver um programa na TV, cheirar sua roupa nas gavetas, colocá-las nos cabides na ordem em que gostava.

Respirou fundo. Não podia pensar assim. Os tempos eram outros, não era mais uma dona de casa típica, daquelas que cozinham, lavam e passam. Não sentia falta do sofrimento nem da falta de perspectivas na vida. Donana fora um achado valioso. Não encontrava falhas na limpeza, na arrumação das roupas, nos lençóis imaculados e cheirosos.

Foi fazer um pudim de creme de leite para o filho. Queria lembrar fatos da infância dele, da época em que mal tinha tempo de olhar seus cadernos. Não sentia saudades dos "tempos de miséria", como se referia aos apertos financeiros. Tudo passa na vida, e só não prospera quem fica amarrado às tristezas do passado. Tinha um enorme carinho por Nina. Com sua ajuda havia chegado a Tereza, que acreditou em seu trabalho. Nunca lhe passaria pela cabeça ir conversar com a futura sócia, a quem conhecia apenas por informações de Joaquim e de Nina. Sabia que era uma mulher visionária, mas tinha sido muita coragem da prima, que foi solidária e achou que ela seria útil à amiga poderosa.

Nina foi a primeira a acreditar nela. Não fosse sua visão, Stela ainda seria uma doceira barata. Quando surgiu a oportunidade, ela não titubeou, demonstrou seu reconhecimento. Nina deve ter se perguntado a razão de sua generosidade, mas se esquecera de que tudo era fruto de sua profunda gratidão. Acreditar em quem já é vitorioso é fácil; mas ver além das aparências, ajudar a alguém que está fragilizado, é um mérito que merece ser recompensado.

A gratidão é um dos sentimentos mais nobres do ser humano. Quem não se lembra de quem lhe estendeu a mão não merece ocupar o pódio. Vencer pelos próprios méritos tem seu valor, mas um aceno, uma palavra de apoio ou o abrir de uma porta vale tanto quanto emprestar dinheiro para acudir numa emergência. Stela quis recompensar Nina, e guardava o propósito de um dia lhe contar por quê. Gostaria de se aproximar mais da prima, mas sentia que havia uma barreira que as distanciava. A solidão de Nina a preocupava. Já passara dos 35. Era uma mulher atraente, mas não tinha um namorado ou amigo para compartilhar um cinema e comentar o filme. Via quando se aprontava para ir ao teatro, saía apressada para chegar antes do espetáculo e voltava logo após a sessão. Será que isso lhe bastava?

Quando saía para jantar com o filho, Stela sempre a convidava. Nina aceitava de bom grado, sinal de que gostava de sair, apreciava uma boa comida, uma conversa animada. Já se convencera de sua orientação sexual, mas isso não a impedia de lamentar sua solidão. Será que tinha receio de namorar uma colega ou alguém que a agradasse por causa dela e de Joaquim? Eles entenderiam. Nina continuaria a ser a mesma pessoa. Gostavam dela pelo que ela era, nunca a desprezariam por uma orientação diferente.

Stela superara isso, felizmente. Todos os seres humanos são iguais, têm seus valores. Via com outros olhos o que acontecia com a sócia, o sofrimento que estava dilacerando sua alma. Embora não entendesse inteiramente, acreditava na sinceridade dos sentimentos de Tereza em relação a Yasmin. Achava que a maternidade supria as falhas da relação com um homem. Não se arrependia de ter sido casada, pois fora muito feliz. A decepção, a rasteira que levara do namorado, a deixara desiludida. Mas não reagiu deixando de acreditar na sinceridade dos homens. Seriam seres estranhos, incapazes de compreender os sentimentos de uma mulher? Seriam destituídos de percepção? Era uma dúvida que não estava disposta a esclarecer. Esfriara como fêmea, não sentia vontade de se deitar com mais ninguém.

A experiência a acordara para a vida, chegara a acreditar que finalmente teria a sonhada felicidade. Escondera o deslize de Gervásio e Tereza foi conivente, deu explicações sucintas sobre sua dispensa e nada falou sobre o rompimento.

Joaquim ficou atordoado. Stela pediu que respeitasse sua vontade de não falar sobre o assunto, mas percebeu que o filho não acreditou, e se sentiu mal por ter de omitir o motivo. Não deixou de contar porque quis poupar Gervásio, mas para poupar a si mesma de seu constrangimento por ter escolhido o namorado errado. Fora ingênua. Ficara envergonhada. Nenhuma mulher gosta de ser vista como descuidada em seus relacionamentos. Quando são descobertas as falcatruas do companheiro, sentem-se culpadas como se tivessem participado, mesmo que por omissão.

Como se desnudar diante do filho e da prima, dizer a eles que estava carente e solitária? Mãe tem vergonha de mostrar para o filho que gosta de sexo, que precisa de um homem para se satisfazer, que na intimidade do quarto se masturba para aquietar o corpo e dormir tranquila. A imagem da mãe é venerada, como se fosse um anjo que veio ao mundo por obra divina. Como macular essa figura inatacável?

Stela estava cansada de desempenhar o papel de mãe. Queria ser vista como mulher, com todas as carências e fraquezas. Ao sacralizar sua imagem a sociedade fora cruel com as mães, sem perguntar às únicas interessadas se gostavam de carregar o fardo. Criar uma obrigação para o outro carregar é fácil, mas não é honesto. Qual a mulher que procriou, por ato consentido, sem antes desejar seu homem e sentir prazer no papel de fêmea? Já sentira vontade de perguntar a outras mães o que sentiam ao receber cumprimentos pelo dia das mães, mas se conteve. Para que entrar em choque com os costumes?

O telefone tocou. Stela atendeu. Disse que sim e foi se aprontar. Não deixou um bilhete avisando que dormiria fora. Onde estava sua liberdade?

38.

Yasmin comunicou a Tereza, sem nenhuma cerimônia, que viajaria à noite. Não fez rodeios, não explicou por que nem com quem. Foi um comunicado seco, direto, um soco no estômago. Era sábado, estaria de volta no domingo à noite ou na segunda de manhã.

Tereza não reagiu. Estava pasma com o atrevimento da amante. Morava em sua casa, dependia de seu dinheiro e não lhe dava satisfação de nada? Interrompeu Yasmin quando ia em direção ao quarto pegar a mochila, pronta sobre a cama:

— Espera aí. A mocinha pensa que vai saindo assim, sem me dizer o que pretende, com quem e para onde está indo? Sou o que dentro desta casa? Sua palhaça?

Estava fora de si, o rosto transtornado. Yasmin ficou assustada:

— Não é nada do que você está pensando, Tereza. Pensei que já tinha comentado, desculpa, esqueci, foi só isso. É um fim de semana inocente, junto com a Nívea e meus tios. Uma reunião familiar, na casa da minha mãe. Estou com saudades dela, ou não posso nem sentir saudades de minha mãe? Você está possessiva.

Tereza murchou. Refletiu rápido. Estava fazendo tudo errado. Não era isso que havia planejado com tanto zelo, mas não se lembrava de Yasmin ter falado sobre essa reunião, nem de viagem no fim de semana com os tios e a prima. Será que estava tão distraída que não ouvira? Ou era mais uma das tramoias de

Yasmin? Estava embasbacada, confusa, se sentindo no pior dos mundos. Reagiu com cuidado:

— Não lembro. Você está inventando isso agora. Não sou distraída, nem esqueço as coisas que você me fala.

Yasmin passou a mão na alça da mochila e a jogou no chão:

— Então, pelo que vejo, estou proibida de ver minha mãe. Se está duvidando, por que não liga pra ela? — disse, e estendeu-lhe o telefone.

Tereza não pegou o aparelho. Yasmin teclou tranquilamente, esperou chamar e o colocou no ouvido de Tereza:

— Pergunte a ela.

Tereza não teve como se esquivar, conversou rapidamente com a mãe de Yasmin, desligou e devolveu o aparelho:

— Quando foi que você me avisou?

Yasmin estava furiosa:

— Ontem, logo depois que você se deitou e se virou para o canto. Fez de conta que não me ouviu para dar um escândalo. Aliás, você gosta de "armar um barraco" para me contrariar.

Yasmin chorava com facilidade. Sabia que as lágrimas faziam Tereza desabar, já fizera isso outras vezes e tivera sucesso. Em seguida abraçou a amante, procurando consolo:

— Você sabe o quanto é importante na minha vida. Sem você não sou ninguém. Gosto mais de você do que da minha mãe.

Tereza não resistiu. Retribuiu os beijos e carinhos de Yasmin, levou-a até a porta e perguntou se queria que a levasse na casa da prima. Nívea vinha apanhá-la na frente do prédio, já devia estar esperando. Tereza desceu junto e carregou a mochila até o carro. Yasmin a abraçou novamente e sussurrou em seu ouvido:

— Vou sentir saudades. Quando voltar, vou te dar muito carinho para compensar.

Entrou no carro e não olhou para trás. Tereza ficou na calçada até o carro dobrar a esquina. Esperava um aceno de adeus, estava pasma com tudo o que acontecera. Não sabia se fora enganada ou se dera um fora desnecessário, mas achava que havia cometido dois erros: acreditar na amante e arrepender-se de sua própria reação. Fazer o quê?

Subiu para o apartamento e sentou-se na sala. Ficou em silêncio, ainda envolvida pelo perfume da amante. Tomou coragem e telefonou para Stela, convidou-a para passar a tarde e dormir no apartamento. Foi sucinta:

— Estou sozinha e preciso de você.

39.

Joaquim voltou depois de meia-noite e foi ao quarto ver a mãe. A porta estava aberta. Estranhou, pois Stela a deixava encostada para o clique da fechadura não acordá-la. O quarto estava vazio. Viu a luz no quarto de Nina. Bateu.

— Entra. Estou acordada estudando.

Joaquim falou da porta:

— Só para dizer boa noite.

Nina estava recostada, com um livro aberto sobre um travesseiro:

— Nada disso, fique para conversar um pouco. Sua mãe deve ter saído, não ouvi. Deixe-a aproveitar a vida.

Joaquim puxou a cadeira da escrivaninha para perto da cama e ficaram conversando sobre coisas do dia a dia. Nina achou que Joaquim estava querendo conversar sobre algum assunto, mas não encontrava coragem:

— O que você quer me contar, Joaquim? Ou perguntar? Vai, desembucha.

Era sobre a mãe. Não havia digerido o rompimento dela com Gervásio. Stela parecia muito feliz com ele, uma mulher não disfarça quando está apaixonada. Nina concordou, Joaquim era bom observador. Stela estava escondendo alguma coisa grave, mas não podiam fazer nada. Joaquim queria perguntar a Tereza o que tinha acontecido, decidira visitá-la, queria ver Yasmin, por quem ainda suspirava.

Nina olhou o primo com pesar. Gostaria de contar a ele

tudo sobre Yasmin, sobre o romance delas e tudo o que se relacionava à fase mais feliz e dolorosa de sua vida. Joaquim continuou falando. Nina tentou prestar atenção. Júnia, por alguma razão que ela desconhecia, pedira a ele que não se aproximasse de Yasmin. Desconfiou que o primo, num arroubo de sinceridade, havia contado sobre a moça. Os homens são tolos, contam seus segredos à mulher que amam em momentos de distração e pronto. Estava cometido o erro. Mulher percebe quando há um perigo rondando seu homem. Júnia tinha implicado com o nome de Yasmin, que só ouvira porque um dia o namorado a mencionara como uma mulher atraente e interessante, e o que é pior, que se interessara por ela. Os homens nunca aprendem. Mulher não comete esse tipo de ousadia, tal burrice é própria dos homens. Podem ter sido apaixonadas por antigos namorados, mas omitem as intimidades e a atração que sentiram. Lembram-se das entregas, das loucuras que cometeram, dos vexames, das humilhações e submissões, mas escondem tudo pelo resto da vida, trancam no fundo do coração e jogam a chave fora. As confidências importantes escondem até de si mesmas. Nessas coisas do coração as mulheres são sábias, nascem e morrem sábias. Seguem a regra de ouro. Um segredo que passa de uma pessoa para outra já deixou de ser segredo.

Nina não sabia como se desincumbir da tarefa, mas precisava ajudar o primo. Quem sabe procurar Yasmin lhe faria bem? Com Stela, tentaria pelo menos saber o motivo de Gervásio ter sido demitido. Seria meio caminho. Começou a ficar com sono, mas disfarçou. Joaquim continuava tenso com a ausência da mãe. Procurou acalmá-lo.

— Deve ter sido algum convite inesperado para uma festa, é sábado, quem sabe Stela tem um novo namorado e ninguém sabe? Ela tem direito, não precisa ficar dando explicação.

Joaquim ouviu de má vontade e foi dormir.

No domingo acordaram tarde. Almoçaram juntos em um restaurante no centro da cidade e Joaquim foi se encontrar com a namorada. Nina voltou para casa sozinha. A tarde morna e ensolarada a fez parar diante de um cinema, o ar condicionado alcançou-a na calçada. Olhou o cartaz do filme, uma nova sessão começaria dentro de meia hora. A fila estava se formando diante da bilheteria. Comprou o ingresso e adentrou a sala de espera, já lotada.

A sessão seria concorrida. Casais se beijavam e a maioria comia pipocas. Comprou um saco médio e um refrigerante. Quando entrou na sala de projeção, foi como um acontecimento importante. Fazia tantos anos que não ia ao cinema que tudo lhe parecia mágico, a tela grande, o vozerio indistinto das pessoas, os sorrisos. As pessoas eram felizes, ela havia se esquecido de como era fácil usufruir esses momentos. A música romântica, o ambiente à meia-luz, tudo levava ao sonho.

Nina esperou com ansiedade o filme começar. Acomodou-se e deixou-se transportar. Quando as luzes se acenderam, continuou sentada. Estava chorando. Depois de sofrer os desencontros da vida, o casal do filme se encontrava sobre uma ponte e sua história de amor recomeçava com um beijo prolongado.

Levantou-se e saiu. Era a única retardatária, atrapalhando os espectadores que entravam apressados para a sessão seguinte. A tarde descera depressa e as primeiras luzes já estavam acesas. Um vento frio descia da Serra do Curral, refrescando a noite belo-horizontina. Quando chegou ao prédio já era noite. O porteiro a cumprimentou com reverência:

— Boa noite, doutora. Um bom descanso.

O apartamento estava às escuras. Stela ainda não tinha voltado. Fez um lanche rápido, tomou um banho e se trancou no quarto. Sentia-se animada, mas com a estranha sensação de que coisas novas estavam para acontecer. Como a vida nos engana, pensou. Sem nenhuma razão, a não ser uma parada no cinema e um filme romântico, a alma se reanimava, as esperanças renasciam, o futuro se mostrava luminoso.

Mas a realidade era outra: pegou um grosso volume de especialidades médicas e se debruçou sobre ele até tombar exausta. Acordou com torcicolo, a cabeça doendo. Foi para a cama e acordou na manhã seguinte com fortes batidas na porta.

Abriu apressada. Era Stela, parecia urgente. Stela estava chorando com um telegrama na mão.

40.

Quando chegou ao apartamento, Stela foi recebida com uma taça de champanhe e um doce sorriso. Agradeceu, beijou a dona da casa:

— Por que uma recepção tão calorosa?

Tereza parecia eufórica:

— Por que vamos ter um fim de semana repleto de coisas boas — respondeu, visivelmente entorpecida pelo álcool.

Stela entrou no clima:

— Cuidado com o champanhe, dizem que a ressaca é arrasadora.

Tereza a pegou pela mão e a levou ao sofá mais próximo:

— Acomode-se bem, pois preparei uma bandeja de frios para acompanhar o champanhe. Vamos conversar somente sobre coisas agradáveis, esquecer o trabalho e curtir nossa amizade.

O resto da tarde escoou-se ligeiro. Esqueceram-se da promessa de não falar sobre negócios. Stela tomou coragem, desabafou toda sua decepção com Gervásio. Tereza, que parara de beber e degustava um sanduíche de atum com alface e tomate, estava mais sóbria. Ouviu atentamente a amiga, fez coro quando Stela criticou a falsidade dos homens, a superficialidade de seus sentimentos e sua absoluta insensibilidade ao amor de uma mulher. Homens não prestavam, senão para carregar malas e trocar lâmpadas, e mesmo assim, nem todos. Alguns eram imprestáveis, pois não tinham bom desempenho nem onde mais precisavam, fracassavam na cama. Gargalharam alto com a observação de Tereza:

— E o tamanho dos documentos? Se são grandes, não se sustentam, se são pequenos demais fazem cócegas.

Os homens ficaram na berlinda por longo tempo. Ao anoitecer, Tereza perguntou se Stela queria se refrescar. A banheira de seu apartamento era especial, espaçosa, fora encomendada para acomodar duas pessoas. Stela agradeceu. Não trouxera roupas para se trocar. Tereza foi ao quarto e lhe entregou dois embrulhos embalados para presentes:

— Uma ótima oportunidade para entregar esses presentes que comprei para você.

Stela os segurou, ainda surpresa:

— Mas não é meu aniversário.

Tereza sorriu:

— Desde quando dou presente de aniversário? Nem em festas de fim de ano e Natal. Gosto de presentear fora das datas, quando ninguém presta atenção ao presente que se escolheu com tanto cuidado. Prefiro surpreender, fique sabendo desde logo, e também de ser presenteada inesperadamente — completou, e riu gostosamente.

Stela desembrulhou os pacotes devagar, saboreando a surpresa. Na primeira caixa havia uma bela camisola e um négligé, um conjunto de dormir completo. Foi beijar a amiga:

— Há quanto tempo não recebo um presente, Tereza. Não pode imaginar o quanto estou feliz.

Voltou ao segundo presente, agora mais curiosa:

— Um pijama de seda! — Stela não conteve o grito espontâneo de alegria, e colocou as peças na frente do corpo, conferindo o tamanho: — Tudo lindo, Tereza. Quanto bom gosto. Fico constrangida com tanto carinho, você me confunde. Logo hoje, que eu estava tão infeliz. Pronto. Já não estou mais, fiquei alegre — e abraçou e beijou novamente a amiga.

Tereza retomou o assunto:

— Agora você não tem mais desculpa para recusar um bom banho. Depois vamos jantar um prato especial, que já preparei para o jantar, ouvir música, depois dormir e sonhar com os anjos.

Stela, feliz com os presentes, não recusou. Estava ansiosa para experimentar as roupas, sentir-se feminina, compensar as tristezas e decepções que o destino lhe impusera. Precisava se reanimar, espantar os maus agouros, a lembrança desagradável dos últimos acontecimentos. Tinha direito de ser feliz.

Mas recusou a banheira, preferiu o chuveiro. Tereza não insistiu. Aguardou que a amiga se refrescasse e vestisse o que mais lhe agradasse para dormir. Quando Stela apareceu com o pijama de seda, assoviou forte. Stela rodopiou pelo quarto e novamente abraçou a amiga:

— Vou para a sala enquanto você se veste. Quer que eu arrume a mesa e esquente o jantar?

Tereza a impediu:

— Nem pense nisso. Vou tomar banho mais tarde. Hoje você é minha convidada especial. Quero que se acomode confortavelmente, ouça música e se divirta com um copo de vinho tinto enquanto me espera. Não quero vê-la na cozinha.

Jantaram e beberam mais vinho. No fim da noite ensaiaram um dueto, rindo da falta de sintonia e das vozes desafinadas. Gritavam mais do que cantavam. Ficaram embriagadas, foram dormir tarde da noite. Acordaram com o sol alto, penetrando pelas frestas da veneziana do banheiro.

Tereza foi para o chuveiro e Stela procurou um comprimido para dor de cabeça, pois nunca bebia. Olhou o pijama amarrotado e ficou triste. Sentira-se uma princesa envolta em seda quando saíra do banho na noite anterior, mas agora parecia desleixada. A boca estava seca, pedindo água. Foi à cozinha e se deparou com a desarrumação, a pia abarrotada, a louça empilhada e os talheres esparramados. Copos e taças enchiam a mesa da sala. Começou a juntar os restos de comida em uma só vasilha, limpou os pratos e juntou os talheres. Já estava terminando de lavar quando Tereza apareceu:

— Larga tudo aí, deixa como está. Não vamos lavar nada. Chega o que você já fez. Minha secretária chega cedo amanhã e limpa tudo, não a acostume mal. Vai se aprontar, vamos sair de carro e passear o dia todo.

Empurrou Stela até o quarto e para o banheiro, já limpo à sua espera. Stela começou a rir, lembrando a farra da noite anterior. A dor de cabeça já estava passando, a alegria de Tereza era contagiante. Não ia discutir com sua anfitriã. Se ela queria sair e aproveitar o domingo ensolarado, não se oporia. A bebedeira lhe fizera bem. Estava relaxada e feliz, como há muito tempo não se sentia. Um pouco de irresponsabilidade faz bem a quem está sempre sério, encarando os afazeres do dia a dia. A vida era para ser vivida de maneira mais agradável, as incertezas e os aborrecimentos não marcavam dia nem hora para aparecer.

Tereza bateu à porta e lhe entregou uma muda de roupas limpas e passadas:

— Vista este conjunto. É confortável e nunca usei. Fica para você.

Stela pegou a calça de linho e a camisa branca. Lindo conjunto, murmurou, vendo-se no espelho. A etiqueta era de uma marca conhecida, a roupa caiu-lhe perfeitamente, modelando seu corpo ainda rijo, realçando as curvas suaves de mulher madura. A camisa revelava a curva dos seios, dando-lhes mais volume. Perfeito, concordou, dando uma rápida conferida na imagem. Ajeitou os cabelos e saiu sorridente.

Tereza a esperava. Tomaram café da manhã em uma padaria descolada e rumaram em direção a uma pequena cidade dos arredores. Não viram o dia passar. Retornaram à noite, e Stela pediu que a deixasse em casa. Tereza concordou, mas passaria primeiro no antigo endereço de Yasmin para pegar a correspondência que o porteiro ainda guardava, era sua rotina todo fim de semana. Como Yasmin voltaria somente no dia seguinte, Tereza estava se desincumbindo da tarefa. Stela concordou.

Para surpresa das duas, havia um telegrama para Nina. Stela ficou sem saber o que fazer, se abria para saber o que era ou guardava até entregar para a destinatária.

— Acho que você deve ver o conteúdo. O telegrama chegou na segunda-feira, uma semana já se passou. Se for coisa urgente, já aconteceu, não adianta ter pressa. Nina vai entender que você abriu por preocupação.

Incentivada por Tereza, Stela abriu e leu. Empalideceu:

— O pai de Nina faleceu no domingo. Foi enterrado na segunda-feira. O que eu faço agora, Tereza? Tenho que contar para Nina, mas não sei como!

Tereza levou a amiga para o seu apartamento e lhe deu um sedativo. Stela dormiu até de madrugada. Quando acordou, chamou um táxi e foi para casa. Seguiu o conselho de Tereza. Não havia mais pressa. Esperou o dia clarear e acordou Nina. Abraçou-a carinhosamente e não a deixou ir à faculdade. Abasteceu o carro, fariam a longa viagem. Nina estava aflita para ver a mãe e os irmãos.

Hospedaram-se na cidade mais próxima e no dia seguinte alugaram um táxi para levá-las até à pequena fazenda, onde passariam o dia inteiro. Ao anoitecer o taxista as trouxe de volta. Dormiram, e no dia seguinte retornaram a Belo Horizonte. Trouxeram a mãe de Nina para descansar e se refazer da perda do companheiro de mais de quarenta anos de lutas e pequenos sonhos.

41.

Zulmira envelhecera muito, andava curvada e ouvia mal. Quando lhe perguntavam alguma coisa, não respondia de imediato. Parecia não entender o que acontecia à sua volta. A morte do marido a deixara abobalhada, indiferente ao choro dos filhos e netos. Nina a encontrou defronte do fogão de lenha tentando remendar uma meia do marido. Ao abraçá-la, chorando, percebeu que a mãe não a reconhecera. Ajoelhou-se perto dela, ajeitou-a no banquinho tosco e ficou olhando as rugas de seu rosto. Não era mais sua mãe, a mulher rija que vira pela última vez em Belo Horizonte, há mais de oito anos. Era uma imitação de Zulmira, um conjunto de ossos cobertos de pele crestada pelo sol. Os irmãos estavam envelhecidos precocemente, os sobrinhos com barrigas enormes, infestados de vermes. Não trouxera vermífugos. A pressa não a deixara pensar senão na urgência de dizer para sua mãe que não ficaria desamparada.

Convencê-la a vir para Belo Horizonte para descansar foi uma empreitada difícil. Estava indiferente a tudo que a rodeava, negava-se a atender aos apelos da filha e da prima Stela. Tinha obrigações no dia a dia. Perguntou quem cuidaria das galinhas, do porco e da lavoura de milho, que já estava perto de ser colhida. Parecia inteiramente lúcida. Os filhos juraram que não se esqueceriam de lavar o chiqueiro, limpar o galinheiro e de alimentar os animais com ração e milho todos os dias. Quanto ao milharal, manteriam as duas vacas e o bezerro longe. A cerca do pasto seria cuidada, não havia nenhuma brecha para o gado fugir nem invadir a plantação. Feitas as recomendações, antes de entrar no táxi Zulmira repetiu a mesma cantilena.

Quando chegaram ao hotel quis ficar na recepção, encolhida no sofá. Disse que dormiria ali mesmo. Finalmente a levaram ao quarto e lhe deram um banho de chuveiro. Resmungou, pois gostava da bacia de alumínio. Recusou-se a ir jantar no restaurante do hotel. Tiveram que preparar uma marmita, que ela devorou antes de dormir. A viagem para Belo Horizonte transcorreu sem maiores transtornos, mas ela só desceu do carro quando entraram na garagem e lhe disseram que haviam chegado.

Perguntou pelos netos e pelos dois filhos. Nina tentou explicar que haviam ficado na fazenda, mas sem sucesso. Zulmira foi dormir sem tomar banho, tinha tomado banho no dia anterior e estava limpa, pois não fizera nada. Perguntou se tinha bacia na casa. No dia seguinte, antes de voltar para casa, Stela comprou uma bacia de alumínio. Foi logo ver Zulmira, que perguntou a Nina quem ela era. Stela se aproximou, disse que era sua prima e estava feliz pela presença dela em sua casa. Zulmira sorriu pela primeira vez.

Joaquim conversava com a mãe de Nina todas as noites, e aos poucos a conquistou. Zulmira perguntava por ele durante o dia. Donana a levava para a cozinha, sentava-a numa cadeira e a conversa rendia. Anotava as receitas que Zulmira ditava. Para isso sua memória era excelente, não esquecia um só detalhe dos ingredientes de bolos e biscoitos, que ela chamava de quitandas. Os temperos das carnes e aves tinha que ter uma pitada de açafrão e uma gota de caldo de pimenta malagueta, "somente uma gota", repetia. Donana ria do linguajar caipira de Zulmira.

Com o passar dos dias, Zulmira se aproximou de Stela, ficava muito tempo conversando com a prima. Nina ouvia, mas não interferia. Aprendera quando criança que não devia interromper a conversa dos adultos. A mãe se recordava bem da infância dos filhos, Nina se espantava com sua lucidez para os detalhes. Será que o sofrimento apressava nas pessoas a caduquice precoce? Sua vontade era ter a mãe perto, mas não tinha sua casa, seria um atrevimento pedir mais um favor para Stela. A prima não tinha nenhuma obrigação de abrigar a parente distante. Nina respirava fundo e se conformava. No primeiro fim de semana Zulmira disse que queria ir embora. Foi um alvoroço. Pediu para a levarem na rodoviária, caso contrário iria sozinha. Era sábado, após o almoço. Não dava para fazer uma viagem longa sem planejamento. Stela não sabia a quem apelar para acompanhar o serviço da fábrica na segunda-feira. Nina se viu na obrigação de atender à mãe. Foram para a rodoviária na esperança de haver um ônibus que as deixasse na cidade de destino, ou em uma próxima, na qual pudessem se valer de uma conexão ou de um táxi, se não fosse distante e dispendioso. A bagagem de Zulmira era quase nada, exceto pelos presentes de Stela, de Joaquim e de Tereza, que viera visitá-la uma tarde e a levara para passear de carro pela cidade.

Nina encheu uma bolsa de vermífugos para os sobrinhos, irmãos e respectivas cunhadas, que imaginava sofrerem do mesmo mal. Seria difícil convencê-los, mas tentaria. Para a mãe pegara vitaminas, pois aparentava desnutrição. Na propriedade não faltava comida, mas certamente disposição para se alimentar. Não havia quem cuidasse de sua velha mãe, admitia pesarosa, mas sem atinar o que fazer. A vontade de um dia trazê-la para a capital era melhor esquecer.

Stela e Joaquim fizeram questão de acompanhá-las à rodoviária. Stela reforçou a carteira de Nina de maneira discreta. Nina quis protestar, mas Stela foi incisiva:

— Sei que sua mesada é insuficiente para esse tipo de emergência. Com dinheiro você consegue chegar lá.

Nina sabia que a prima tinha razão. Conseguiram duas poltronas em um ônibus que passaria pela cidade de madrugada, em direção ao destino final. Nina relaxou, embora preocupada com a mãe, que lhe parecia a cada dia mais frágil. Stela e Joaquim beijaram e abraçaram Zulmira com carinho, pediram-lhe que voltasse para vê-los.

Quando viu a mãe com lágrimas nos olhos, Nina respirou aliviada. Ela guardava sentimentos e os demonstrava, era um bom sinal, não estava indiferente como avaliara. Quem não se importa com nada nem com ninguém, está se despedindo da vida antes da hora derradeira. Ainda teria sua mãe por alguns bons anos. Seus planos de morar com ela teriam chance de se tornarem realidade.

Foi uma viagem cansativa, mas sem contratempos. Desceram rapidamente e ficaram perdidas na solidão da pequena rodoviária deserta. Não havia bares funcionando. Sentaram-se nos bancos duros até a noite terminar. Quando o dia clareou, Nina viu uma padaria abrir do outro lado da rua. Tomaram café quente e comeram pão com manteiga. Quando o primeiro táxi apareceu, combinaram a corrida para a fazenda. O motorista deu um preço alto, Nina recuou, esperou que outros táxis chegassem. O primeiro motorista se aproximou e abaixou o preço, igualando ao que Stela havia pago da última vez.

Nina foi à bilheteria e comprou a passagem de volta para o mesmo dia, no fim da tarde. Zulmira queria que ela dormisse na fazenda, mas Nina a contrariou. Não podia perder mais aulas. Havia exames de fim de ano, tentou explicar, mas desistiu.

Uma vez em casa, Zulmira foi logo ao chiqueiro e depois ao galinheiro conferir se tudo estava bem. Voltou com uma cesta de ovos para Stela e Joaquim. Nina recusou, iriam se quebrar na viagem de volta. Mas Zulmira não aceitou as desculpas e fez com que os levasse. Nina chamou um dos irmãos e lhe deu instruções sobre os remédios. O irmão prometeu que os filhos tomariam e ele também. A mulher dele, só se quisesse. O outro irmão receberia os remédios com as mesmas recomendações.

Nina se despediu da mãe, que estava apressada para ver o milharal. Saiu chorando, vendo que a rotina continuava a mesma e o irmão parecia conformado. Vida miserável também é vida feliz, à falta de outra melhor para comparar.

Em Belo Horizonte, não teve forças para estudar de madrugada. Durante a semana se esforçou, dobrou algumas noites e recuperou os dias perdidos. Dedicou-se inteiramente ao curso nos últimos meses, e quando o ano seguinte começou, renovou suas forças. Faltava pouco, no fim do ano receberia seu grau de médica. Poderia trabalhar na profissão, ganhar seu dinheiro e não depender mais de Stela.

Não podia montar consultório. Procurou um colega com quem pudesse dividir o espaço, enquanto ele estivesse nos plantões, ela atenderia. Mas Stela interferiu, queria que ela se dedicasse inteiramente à especialização. Seriam apenas mais dois anos e precisaria praticar, operar era o mais importante para quem queria se dedicar à cirurgia plástica. Fizeram um trato: Stela montaria o consultório para Nina, já se informara sobre preços e instrumentos. Para completar a surpresa, Stela a levou a um prédio onde já funcionavam vários consultórios médicos e lhe mostrou uma sala:

— Comprei esta sala há mais de dois anos. Ficou sem uso todo este tempo esperando você. Mãos à obra. Agora quem vai trabalhar é a doutora Nina. Divida o espaço com um colega quando não estiver atendendo, inverta os papéis e boa sorte — entregou-lhe as chaves e a deixou com seus próprios pensamentos.

Durante o jantar, Nina esboçou um agradecimento, mas foi logo interrompida:

— Nina, estou apenas cumprindo o que prometi. Há um depósito na sua conta corrente para as instalações. Não vou te ajudar com trabalho, pois não entendo nada de sua área. Quando você terminar a especialização e estiver ganhando seu dinheiro, vamos fazer as contas. Será sua vez de planejar como vai me restituir o que gastei. Não foi isso o que combinamos? E depois, há a possibilidade de eu ser sua paciente, você poderá abater seus honorários da dívida.

Joaquim fez coro à alegria das duas. Nina disfarçou uma lágrima. Estava feliz, comovida, e imensamente grata à prima. Trabalharia muito para pagar, mas o mais importante seria Stela saber que aproveitara a oportunidade.

Estudou e trabalhou intensamente nos dois anos seguintes. Sentia-se capaz de enfrentar uma sala de cirurgia, que se tornara familiar para ela. O aprendizado prático fora proveitoso, em nenhum momento tinha fraquejado nem se deixado levar por fantasias que todo recém-formado encontra pela frente. Conseguiu superar o sentimento de vaidade que acometia os colegas, queria aprender cada vez mais, estudava e praticava como se ainda fosse estudante. Não esmoreceu diante de nenhuma dificuldade. Quando enfrentou as primeiras cirurgias sem a presença de um colega mais tarimbado, agiu como uma profissional competente, segura do que fazia. Sentiu-se inteiramente à vontade dentro do bloco cirúrgico.

Angariou os primeiros clientes, e estes lhe trouxeram outros. Para conseguir estabilidade financeira, fez um concurso público, começou a dar plantões noturnos no Pronto Socorro, onde trabalhava três vezes por semana. O que aprendeu nos plantões enriqueceu sua prática. Fez centenas de atendimentos de pessoas com ferimentos no rosto, desde vítimas de arma de fogo até cortes de caco vidro. Motoristas desavisadas se assustavam, reagiam a assaltos em sinais luminosos. Com o vidro do carro aberto, eram surpreendidas por assaltantes com um caco de vidro na mão, aceleravam, recebiam profundos cortes na face. Nina se condoía com o desespero dos acidentados.

Na vida pessoal, não modificou a rotina. Continuou morando na casa de Stela. Estava confortável, pois o apartamento havia se esvaziado com o casamento de Joaquim. A cerimônia foi como Joaquim planejara, uma festa singela, uma rápida viagem de lua de mel. A legalização ficou apenas nos planos.

Stela chorou muito quando ele se mudou. Nina lhe fez companhia. Todos os fins de semana saíam para jantar fora, exceto aqueles em que Tereza sequestrava a sócia e só a devolvia na segunda-feira, quando ia direto para a fábrica.

42.

Tereza continuava seu relacionamento com Yasmin, entre altos e baixos. Relevava as diabruras da amante. Sabia de seu romance com a prima, que de prima não tinha nada. Fora tudo invenção das duas, desde a primeira viagem e da desculpa de ver a mãe de Yasmin. Não tinham aparecido lá, nem a mãe de Nívea era irmã da mãe de Yasmin. Fora tudo armação, até o telefonema para a mãe de Yasmin. As mães eram amigas, às vezes, se apresentavam como irmãs.

Numa segunda-feira, perto do meio-dia, Yasmin ligou da garagem dizendo que estava com o carro de Nívea e ia usar a vaga extra da garagem. Tereza não se abalou. Quando Yasmin subiu, fez uma cena de ciúmes. Foi dramática, mas sem exagerar muito nem romper o relacionamento. Sabia que a história do carro da prima era mais uma invenção conveniente. Yasmin teria chances de inventar desculpas para ir se encontrar com a amante, ficaria fácil dizer que precisava levar Nívea a algum lugar, que de carro seria mais rápido, essas mentiras oportunas que servem de pretexto para sair muito e voltar tarde.

Yasmin queria conservar as mordomias que Tereza lhe proporcionava e ao mesmo tempo manter uma amante jovem. A falsa prima gostava de sair, frequentar os lugares badalados que a turma elegia como *point* do momento. A oportunidade de lhe dar uma lição definitiva haveria de chegar. Enquanto isso, Tereza agiria como sempre: apaixonada e cega, sem consciência da conduta sinuosa de Yasmin.

Não cedera em seu intento. Miriam Castelo já estava a par de quem era Yasmin, tinha uma foto dela dada por Tereza e uma descrição da prima. Teria sua vingança, mesmo que fosse a última coisa que faria na vida. Fora magoada profundamente, seu amor próprio estava em frangalhos. O desrespeito continuava, mas em breve seria a sua vez de rir.

Tereza se ocupava de seu trabalho com o mesmo zelo de sempre, dava assistência à fábrica, cuidava do seu dinheiro, multiplicava-o. Um dia envelheceria, então gastaria o que tinha economizado. Sabia que as forças lhe faltariam, a capacidade de ganhar dinheiro arrefeceria. Não tivera filhos e não tinha sobrinhos. Optara pela independência, mas faltara-lhe a sorte de uma boa companhia. Stela era sua melhor amiga, confortava-a nos momentos de solidão. Eram duas mulheres desiludidas com o amor. Stela vivia inteiramente para o trabalho, via o filho nos fins de semana e ajudava Nina. Não se interessara por nenhum outro homem. O desgaste e a decepção com Gervásio a tinham marcado profundamente. Tereza já ouvira alguns de seus lamentos, mas percebia que Stela não colocara para fora tudo o que sentia, era reticente quando à profundidade do relacionamento que tivera com o ex-empregado. Entendia que ela sentisse vergonha de se expor, embora achasse que ninguém na fábrica sabia.

Até que ponto Gervásio teria sido discreto? Decerto ficara ressentido, mas sem nenhuma razão, ele é que deveria se envergonhar. A raiva de perder a mulher e ainda ser pego roubando devia ter pesado. Ninguém avalia os sentimentos das pessoas. Tinha sido surpreendido num momento em que ascendia na vida e a sorte ajudava. Namorava Stela, uma mulher ainda jovem, bem cuidada e realizada profissionalmente. O baque tinha sido grande. Será que tinha contado que foram amantes, e por isso fora dispensado do emprego pela sócia? Como saber?

Stela contou que ficara com vergonha do filho, por isso omitira os motivos do rompimento. E se Joaquim o encontrasse em algum lugar? Claro que iriam se falar, Joaquim gostava de Gervásio. Stela contou que Nina tinha tentado sondá-la sobre o que acontecera, mas ela disfarçara. Nina e Joaquim continuavam bons amigos, certamente ela contaria para ele.

Quando soube da amizade entre Joaquim e Nina, Tereza teve vontade de contar a Stela que Nina fora mulher dele, por muito tempo. Mas pensou melhor e desistiu. Correria o risco de Stela descobrir que o filho fora também seu amante. Para que complicar as coisas mais do que o necessário? Já bastavam as complicações inevitáveis.

Num fim de semana que passavam juntas, enquanto Stela dormia serenamente, admirou-a detidamente. Achava um desperdício uma mulher como ela ficar solta na vida, sem nenhum carinho. Estava com a camisola que lhe dera e podia ver suas coxas roliças, torneadas e sensuais. Não havia varizes aparentes. Não lhe vira os seios. Stela era discreta, mas uma hora iria se distrair.

Stela lhe agradava, Tereza admitiu. Não tinha o frescor da juventude de Yasmin, mas tinha a atitude e a presença de uma mulher segura e experiente, virtudes que Tereza admirava. Foi surpreendida pelo olhar firme de Stela, que tinha acordado e não se mexera:

— O que você está olhando tão interessada?

Tereza não se perturbou:

— Estava vendo como você é uma mulher bonita. Não entendo como consegue viver sem carinhos. Acho que o amor é indispensável na vida de toda mulher. Uma carícia faz bem, e você não é diferente.

Stela se ergueu, mas não se cobriu. Subiu mais a camisola e alisou vagarosamente suas coxas até a virilha. Tereza acompanhou o movimento com o olhar, sentiu vontade beijar-lhe as pernas. Ao invés disso, levantou-se de supetão e a convidou para tomar café.

Enquanto preparava o café da manhã, Tereza fazia planos para o domingo. Stela apenas ouvia. Incomodada com o silêncio embaraçoso de Stela, Tereza interferiu:

— Pode me contar o que te preocupa?

Stela respondeu com desusada calma:

— Nada me preocupa, mas estava pensando no que você disse quando acordamos. Estou carente. Sinto falta de carinho, de amar e ser amada.

Tereza não perdeu a oportunidade:

— Está se sentindo assim porque quer. Será que você pensa que só amor de homem é que satisfaz o tesão de uma mulher?

Stela não respondeu, mas entendeu a insinuação da amiga. O dia transcorreu de acordo com os planos de Tereza, que comandou a festa. À noite, Stela pediu que a deixasse em casa, estava cansada e queria ficar sozinha. Tereza concordou de má vontade, havia planejado uma noite diferente. Mas entendeu que Stela precisava de tempo para reorganizar suas ideias e amadurecer o que havia escutado. Conhecia a natureza da fêmea, sabia que, assim como ela, e sendo mulher, Stela só fazia o que queria. Não haveria indução que a convencesse, não haveria paixão que a fizesse ceder contra a sua vontade. Mesmo apaixonada, a mulher não aceita alguma coisa só porque a outra parte quer.

E as exceções? Tereza não acreditava que existissem.

43.

Stela queria ficar sozinha, recolher-se e conversar consigo mesma. O que acontecera para se sentir tão perturbada? Fez um balanço íntimo: estava rica, mas não riquíssima, embora pudesse comprar o que quisesse. Estável, não seria dispensada de seu trabalho, ela é que dispensava. Enfim, uma situação confortável e tranquila. Podia comer ou beber, vestir o que havia de melhor. Amigos? Bem, tinha seu filho, um amigo incondicional, além de um companheiro confiável. Mas parava aí. Não era seu confidente, alguém com quem pudesse chorar e desabafar. Não podia desabar sem receio, pois teria que se explicar. Havia amigos que aconselhavam e desaconselhavam, mas desses não tinha nenhum. Homem? Um assunto que tinha medo de encarar. Joaquim, com quem se casara e vivera parte de sua vida, não fizera morada, não se despedira nem voltaria mais. Havia deixado uma semente que se tornara motivo de risos e lágrimas, ainda bem que as lágrimas tinham sido poucas e as alegrias muitas. Tomara que continuasse assim. E Gervásio? Ah, um assunto doloroso, que a machucara muito. Esperara muito tempo, uma eternidade, e escolhera errado. Havia ainda uma ironia que a envergonhava: não escolhera, fora escolhida.

Tereza mexera com seus brios. Onde já se viu elogiar assim, sem nenhum pejo? A amiga agira como se fosse um homem. As palavras de Tereza a queimavam em seu momento de recolhimento, "estava vendo como você é uma mulher bonita". Tereza criara dúvidas em sua cabeça e fora atrevida, "está se sentindo assim porque quer. Será que você pensa que só amor de homem é que satisfaz o tesão de uma mulher?"

Ela tinha ouvido bem, não havia dúvidas: era uma cantada. Simpática, mas direta. Já ouvira galanteios e grosserias, mas vindo de Tereza soava diferente. Não sentira medo nem ficara intimidada, era uma mulher igual a ela. Não havia receios nem indecisões. Será que toda mulher sentia medo de se entregar a um homem pela primeira vez? Com seu marido fora diferente. Houve um olhar e um namoro morno, a aproximação se deu sem sobressaltos. A intimidade começou aos poucos, o tesão se anunciou e ocupou seu lugar. Foi uma sequência natural: teve um princípio, pois houve atração, a proximidade física foi consentida e o sexo veio com o casamento, sem pressa nem urgência.

As paqueras foram diferentes. O sexo a impulsionou para Gervásio. Ele estava à mão, ela se sentiu segura, estava no comando, não percebeu que estava sendo cobiçada, mas não por seus encantos. Achava que não tinha mais encantos, que o que a deixava fragilizada era o sexo sem compromisso. Ainda se lembrava do gerente na empresa de eventos, que a queria para sexo. Sentira medo do desconhecido. Como seria ficar nua na frente dele? Ele se despiria naturalmente, ela se deitaria na cama e ele ficaria por cima para penetrá-la. Ficara enojada por longo período só de imaginar a cena. Depois, em ocasiões diferentes, recebera galanteios menos agressivos, mas com o mesmo objetivo. Sempre se negara, com elegância algumas vezes, em outras se fizera de desentendida.

Não gostava de ficar rememorando esses fatos. Não traziam nada de proveitoso. Tereza não era nenhuma desconhecida, ao contrário, a conhecia profundamente, como confidente, sócia e amiga. Sua paixão por Yasmin não era segredo, nem para o porteiro nem para mais ninguém. Imaginava que sua amizade com Tereza era motivo de comentários maldosos, mas não se importava. Será que a convivência com a sócia modificara seu recato? Era uma pergunta tola, cuja resposta só a ela interessava.

E a relação entre Tereza e Yasmin? Seria ela uma intrusa na

história? Já se via como centro de um triângulo amoroso. Estaria admitindo se tornar amante de sua amiga Tereza? Foi para o banheiro e tomou um banho demorado. Deixou a água jorrar sobre o corpo, queria lavar a alma e ver seu recato descer pelo ralo. Estaria verdadeiramente envergonhada ou se dando desculpas por estar querendo sexo? Como seria exatamente com outra mulher? Era curiosa, admitia, mas não se sentia culpada nem diferente das outras. Mesmo assim se desculpava: não existe mulher que não seja curiosa, faz parte de sua natureza. Será que Tereza a deixara ir de má vontade? A amiga mudara de tom quando ela disse que queria ir para casa, tinha planejado vinho no fim do dia, escolhera um Carmenère chileno elogiado pelo *sommelier* da loja, uva colhida no Vale Nevada. Tereza parecia empolgada com o vinho, com a uva, com a safra e com a noite que iria coroar o fim de semana.

Stela estava insegura como há muito tempo não se sentia. Fechou a torneira, enrolou-se em uma toalha. Sentiu a carícia do tecido macio de algodão. No quarto, deixou a toalha escorregar e se viu nua no espelho. Pegou um creme suave para o corpo. O contato frio com as pernas fez com que se arrepiasse. Espalhou o creme, demorou-se na virilha e nas pernas. Admirou-se. Era uma mulher desejável, exalava sensualidade, estava excitada.

Pegou o telefone e ligou para Tereza. Ouviu o clique e a voz suave da amiga:

— Estou bebendo uma taça de vinho, sozinha.

Não titubeou:

— Se ainda me quiser vou me vestir.

44.

O plantão do Pronto Socorro estava tumultuado. Nina socorria um paciente enquanto a enfermeira tentava dissecar a veia de uma jovem gravemente ferida a faca pelo namorado ciumento. Era uma noite de domingo, dessa vez mais movimentada do que de sábado. Os médicos já estavam habituados aos plantões tumultuados dos fins de semana, mas aquele estava diferente. Desde sexta-feira estava o mesmo tumulto, Nina ouvira dos médicos dos plantões anteriores. As vítimas de acidentes de carro e os feridos em brigas e por uso de armas não paravam de chegar.

Três ambulâncias encostaram ao mesmo tempo. Havia feridos graves, não houve triagem diante da gravidade das vítimas. O álcool e o volante estavam fazendo um estrago na noite de domingo. Por volta das onze da noite, Nina conversava com um colega quando viu chegar uma jovem de maca. Os longos cabelos chamaram sua atenção. Deixou o colega e se aproximou.

A vítima estava desfigurada. Fora arremessada para fora no acidente de carro, estilhaçando com seu rosto o para-brisa dianteiro. O nariz estava fraturado, o maxilar e os dentes frontais afundados, havia cortes profundos nos dois lados da face. O primeiro ia da têmpora direita até o canto da boca, pedia sutura urgente. O segundo rasgara a mandíbula esquerda, separando-a do queixo, e se estendia até a parte inferior do pescoço. Sangrava muito. Não havia fratura aparente nos membros superiores nem inferiores. Radiografaram a coluna, mas não havia lesões. Uma enfermeira limpava as feridas para avaliar onde acudir primeiro.

Quando viu o rosto, Nina confirmou o que já temia. Pediu ajuda ao colega em quem mais confiava:

— Preciso de ajuda urgente. Esta paciente é minha prima.

Junto com o colega, cirurgião plástico como ela, cuidou do rosto de Yasmin até o meio da madrugada. Eram ferimentos graves, que exigiam suturas extensas. Não se preocuparam com os cuidados de uma cirurgia plástica. Urgia era estancar a hemorragia. Outro tipo de reparação teria que esperar a cicatrização e a recuperação dos tecidos.

Nina não atendeu no consultório. Telefonou para a secretária e remanejou os pacientes agendados. Ficou com Yasmin na enfermaria até Tereza chegar de manhã.

Yasmin não seria transferida de imediato, talvez no dia seguinte. Nina foi descansar. Estava exausta fisicamente e emocionalmente abalada. Sua amada Yasmin estava deformada, mesmo com cirurgias reparadoras ficaria com marcas visíveis.

Soube dos detalhes mais tarde, pelos noticiários: o acidente ocorrera na curva do Ponteio, na descida para Belo Horizonte. A vítima fatal, identificada como Nívea Maria de Sartori, estava ao volante. Ao que tudo indicava, devido às marcas de unhas no rosto da morta, as duas haviam brigado. A motorista fora agredida e perdera o controle do veículo, que atravessara a pista, capotara e despencara na ribanceira do lado direito da pista de subida. A morte de Nívea Maria fora instantânea, tivera a cabeça esmagada pelo peso do carro. A outra vítima, Yasmin Jacobo de Faria, fora cuspida do carro sobre a pista de rolamento e socorrida por um motorista que ia em direção à cidade de Nova Lima. O motorista informou que vira um carro em alta velocidade fugindo do local. Não sabia se estivera envolvido no acidente, uma mulher de cabelos longos parecia estar dirigindo. A polícia estava investigando. A ambulância de resgate do Corpo de Bombeiros tinha levado a vítima para o Pronto Socorro, mas não havia informações sobre seu estado de saúde.

Nina ouviu atentamente, depois chorou convulsivamente até adormecer. Acordou no meio da tarde, tomou um banho e voltou ao Pronto Socorro, onde ficou com Yasmin a noite inteira. Não deixou que as enfermeiras cuidassem da paciente. Ela mesma faria sua higiene pessoal, trocaria o soro e daria a medicação. Explicou que se tratava de sua prima, com quem fora criada desde criança, era como se fosse sua irmã mais nova. As enfermeiras se entreolharam e mantiveram-se distantes, se perguntando a razão da dedicação exclusiva da doutora. A desculpa do parentesco não convenceu ninguém.

No dia seguinte, Nina conversou com Stela e contou-lhe tudo, não se poupou nem se culpou. Stela não fez nenhum comentário.

45.

Stela não queria ouvir os lamentos de Nina. Estava exausta por duas noites de sexo. Descobrira o amor nos braços de Tereza entre a noite de domingo e a manhã de segunda-feira. Somente na terça retornou ao apartamento.

Respirou fundo e se acalmou. Era muito bom amar de novo, mas manteria seu espaço, o apartamento seria seu refúgio. Dormiria com Tereza quando sentisse vontade. Nina não seria um estorvo, pois cuidaria de tudo em sua ausência. Uma casa vazia corre o risco de virar mausoléu. Ligou para Joaquim e avisou do acidente. Mandou um beijo para Júnia e desligou logo. O filho não deu importância ao que ouviu, foi o que deduziu por sua reação. Não perguntou pelo estado de saúde de Yasmin, nem quis saber como acontecera. Melhor assim. O filho agira corretamente, ela achava, ciente do interesse dele por Yasmin, conforme Nina tinha contado a ela. Para que mexer em situações do passado, se ao lado de Júnia encontrara seu caminho? O filho estava maduro, era equilibrado e ajuizado, uma tranquilidade.

Foi para o seu quarto e se estirou na cama. Donana veio acordá-la para dizer que o almoço estava pronto. Dormira pesado, não fora à fábrica, onde estava tudo sobre controle. Tinha aprendido a delegar decisões para uma funcionária antiga, dera-lhe o cargo de gerente geral e um bom aumento de salário. Nunca pensou que fosse tão fácil angariar um colaborador fiel e confiável.

Ouvira os conselhos de Tereza. As duas teriam mais tempo para amar e aproveitar a vida. A fábrica estava "a pleno vapor", como se dizia quando tudo corria bem. A sócia era uma mulher experiente, ela é que era turrona, achava que sem sua presença tudo daria errado e a fábrica não funcionaria. Doravante trabalharia somente na parte da tarde. Merecia ter as manhãs livres, já conquistara o direito ao ócio.

Tinha muita coisa para aprender com Tereza, mas preservaria sua liberdade. Tinha um filho, nora e amigos a quem não devia satisfações, mas que mereciam seu respeito. Depois da confissão que Nina lhe fizera, sabia que a prima seria indispensável para Yasmin. Pelo que ouvira, Nina pretendia cuidar dela e reatar o romance. Era um alívio, não teria que repartir com ninguém o amor de Tereza.

A vida não tem um caminho traçado. O destino dispõe livremente, sem pedir permissão às pessoas. E não faz concessões, ela mesma era a prova disso. O que antes a rodeava era a incerteza do futuro devido à persistente falta de oportunidade, mas de uma hora para outra tudo se acomodou, como se já estivesse ao alcance de suas mãos.

Queria ver Yasmin, não tinha nada contra ela. Mas não iria ao hospital sem antes falar com Tereza. Após o almoço, foi à fábrica e conferiu o que demandava mais atenção. A qualidade dos produtos era sua obsessão, ficou feliz ao saber que a nova gerente já tinha conferido tudo, desde a mistura dos ingredientes até a temperatura dos fornos, mas não se descuidaria dos pormenores. Tereza continuaria à frente das finanças e ela da produção.

A sócia apareceu no fim da tarde. Como já tinham combinado, conversaram apenas sobre assuntos profissionais. Tereza era discreta nos gestos, mais ainda quando falava com ela e com os funcionários. Stela falou que depois do expediente iria ao hospital. Tereza não queria ver Yasmin, mas não se importou que Stela a visitasse. Achava que a ex merecia toda atenção, mas sua presença seria um atrevimento, e afrontaria os sentimentos de Nina.

Tereza gostava de Nina, admirava sua disposição de terminar o curso de medicina depois de tantos problemas pessoais. Pediu a Stela que não deixasse faltar nada a Yasmin. As despesas seriam por sua conta, pediu para ela dizer a Nina. Sabia que ela estava abatendo sua dívida com Stela, não queria que os gastos com Yasmin afetassem sua vida.

Stela a tranquilizou. Nina estava indo bem no consultório, até já havia feito uma proposta de compra da sala que ocupava. A dívida estava quase toda quitada, e o que restava ela ia perdoar, em troca de uma cirurgia plástica que já estava programada. Tereza disse que faria uma também. Se Stela ia ficar mais jovem, ela também se cuidaria. Como a cirurgia de Stela já estava programada, aguardando apenas os exames de sangue que Nina havia pedido, Tereza cuidaria dela no pós-operatório. Depois seria o contrário. Logo que passasse o momento delicado que Nina estava vivendo marcaria a sua.

Stela chegou ao hospital e soube das boas notícias: Yasmin estava se recuperando bem e em breve teria alta. Viu Nina de mãos dadas com a paciente, tudo estava bem entre elas. Não se perturbaram quando ela entrou no quarto. Stela conversou um pouco com Yasmin, desejou-lhe melhoras e colocou seu apartamento à disposição. Yasmin olhou para Nina, estava ansiosa. Stela a acalmou:

— A casa é de Nina, ela pode usá-la como quiser. Você será bem-vinda.

Yasmin sorriu, mas não confirmou nada. Nina se adiantou:

— Será apenas por alguns dias, Stela. Já estou providenciando um canto para nós, não posso mais abusar de sua bondade. Mesmo sem Yasmin eu já tinha decidido, só estava protelando até fazer sua cirurgia.

Stela se rendeu às evidências. As duas tinham direito à privacidade, nada mais natural do que terem sua própria casa. Era um novo começo de vida.

Pousou o olhar sobre Nina e percebeu sua preocupação com a paciente. Mas, apesar de tudo, ela estava feliz. Ficou aliviada. Seria um problema a menos para Tereza e também para ela. Manteria em segredo o romance que estavam vivendo, mas não negaria nada se fosse descoberto.

Quando Stela contou sobre Yasmin e o relacionamento com Nina, viu que Tereza esboçava um leve sorriso. Incrédula com sua insensibilidade, algo que contrariava sua índole, perguntou:

— Você está feliz com o que aconteceu com Yasmin?

Tereza sorriu enigmaticamente, e não se abalou:

— Não estou feliz nem infeliz. Não desejo mal nenhum a ela. O que me conforta é saber que as pessoas são sempre surpreendidas pela ironia do destino. Quando alguém te magoar, não guarde rancor, mesmo que queira se vingar, pois a vida se encarregará disso.

Stela não entendeu o que a companheira estava querendo dizer, mas não se importou. Estava muito feliz para se preocupar com dubiedades. Assumira sua sexualidade, estava convencida de que perdera um tempo precioso. Não se arrependera de seu casamento, fora muito feliz e uma boa fêmea para o marido. Tivera Joaquim, que era sua realização, mas agora queria viver intensamente, não carregava nenhum sentimento de pesar. Havia experimentado o prazer com um homem, mas nada se comparava à realidade nem à intensidade do que sentia após descobrir sua verdadeira orientação sexual.

Com Tereza, finalmente, conhecera seu paraíso na Terra.

46.

Joaquim se casou legalmente com Júnia quando nasceu o primeiro filho, a quem batizou com o nome do pai. Era uma homenagem, mas também porque gostava do nome, se orgulhava de ser chamado de Joaquim. Quando se lembrava de como fora tolo, de como se encantara com o apelido de Jotaó, se envergonhava de sua pobreza de espírito. Felizmente acordara a tempo e podia honrar o nome do pai, mesmo que postumamente.

Estava feliz com Júnia, mas concordaram que um filho era o bastante. Assim poderiam lhe proporcionar muito mais do que ele mesmo tivera. Júnia não fora criada com muitos mimos. Desde cedo o pai a colocara para trabalhar e ganhar seu próprio sustento. Claro que repetiriam a dose com Joaquim Neto, mas o foco seria que se aplicasse nos estudos quando chegasse o momento. Estava realizado.

Quanto à mãe, por motivos por ele desconhecidos, tinha agora 50% na sociedade. Achava que ela merecia, que Tereza fora justa e reconhecera o seu trabalho, tão importante quanto o dinheiro que investira. Os Quitutes Stelamaris tinham se transformado em uma empresa de porte médio, que já demandava mais de cem funcionários internos e explorava o varejo de Belo Horizonte e da região metropolitana. Tinham um distribuidor independente em Uberlândia que abastecia o Triângulo Mineiro, o Distrito Federal e parte de Goiás e interior de São Paulo. Havia planos de expansão para o Estado do Rio de Janeiro.

Sua mãe estava feliz, e não parecia solitária. Quando

Nina se mudou ficara preocupado com ela. Como se ajeitaria morando sozinha no apartamento? Mas se aquietou, pois Stela estava sempre alegre e curtia o neto todo fim de semana. Viajava em companhia da sócia, já tinham ido à Europa e aos Estados Unidos. De Yasmin tinha notícias por Nina, que não se esquecia dele nos aniversários e nas festas de Natal e Ano Novo. Nina mantinha uma relação estável com Yasmin, a quem submetera a várias cirurgias reparadoras, mas não sabia dizer se conseguira restituir-lhe a beleza anterior ao acidente de carro. Um diagnóstico mais acurado, após sua recuperação dos ferimentos externos, constatara que Yasmin perdera a audição e a visão do lado direito. Os músculos da face direita tinham sido afetados e seu sorriso se tornara um arremedo do que já fora, pois enquanto o lado esquerdo se contraía, o lado direito permanecia rígido. Yasmin se transformara em uma triste figura.

Um dia se atreveu a ir vê-la, com a permissão de Nina, e sentiu dó. A reação de Yasmin foi dramática, tentou tampar o rosto com um lenço. Nina mantinha o mesmo amor pela companheira; não amava a beleza, amava Yasmin.. O amor de Nina se mantivera coberto por cinzas e reacendera, como se Yasmin continuasse atraente.

Ninguém as visitava, e elas não visitavam ninguém. Ninguém as via juntas, pois Yasmin não saía de casa. Mesmo quando sua mãe faleceu no interior ela não se abalou, nem foi ao enterro para dizer adeus. Tornara-se uma enclausurada voluntária; ao que parecia, pelo resto da vida. Nina levava uma vida recatada, embora frequentasse os simpósios médicos no Brasil e no exterior. Tornara-se uma médica carismática, referência em cirurgias plásticas.

A felicidade de Stela era o que mais impressionava Joaquim. Como era possível que uma mulher vaidosa e bem-sucedida profissionalmente estivesse tão contente vivendo sozinha? A pergunta o acompanharia pelo resto da vida. Quando se atrevia a perguntar, recebia uma resposta malcriada:

— Cuide da sua vida e seja feliz também, porque estou muito feliz com a vida que escolhi viver — ria gostosamente e continuava brincando com o neto, indiferente ao espanto do filho.

Tereza, nas poucas vezes em que encontrava Joaquim, dava-lhe um beijo carinhoso e o chamava de filho. As duas mulheres causavam espanto, estavam sempre sorridentes, esbanjando alegria. Joaquim balançava a cabeça e resmungava:

— É impossível entender as mulheres!

www.ingramcontent.com/pod-product-compliance
Lightning Source LLC
Chambersburg PA
CBHW060549260626
47161CB00003B/1124